KB275971

소프트 랜딩

Soft
Landing

소프트 랜딩

나규리 장편소설

마디북

차례

Departure

출발

△

예보보다 더 많은 양의 비가 내렸다. 수인은 에어사이드*에 위치한 상주 직원 휴게실 소파에 앉아 창문 너머로 비 내리는 활주로를 바라봤다. 물막이 생긴 회색빛 아스팔트가 반질거렸다. 그 위로 형광 안전 조끼와 투명 우비를 입고 일하는 사람들. 그들의 손에 들린 비에 젖은 무전기. 비안개에 먼 시야는 차단되었고, 활주로 곳곳에는 언제 생겼는지 모를 웅덩이가 가득했다. 검은 웅덩이는 비가 오고 물이 차야만 모습이 드러났다. 그것은 작은 파문을 끊임없이 만들면서도 어둠을 통해 빛을 반사했다.

하나, 둘, 셋……

수인이 속으로 웅덩이의 개수를 세고 있을 때 주변 사람들이 부스럭거리며 자리에서 일어났다. 그 바람에 수인도 다급히 시간을 확인했다. 만에 하나 알람이 꺼져서 출근이 늦어진다면 조장인 민석에게 한 소리 들을 뿐 아니라, 꼭 사람들 앞에서만 비난하는 그의 주특기 때문에 주변의 시선까지 감당

---

* Air-side. 공항의 출국 게이트 안쪽 편.

해야 했다. 어느새 출근 시간이 다가왔다. 수인은 한숨 쉬며 일어나 출국장으로 발걸음을 옮겼다. 가는 길에 손가락을 펼쳐 손톱 끝에 박힌 자개를 공항 간접 조명에 비스듬히 비췄다. 남색 바탕에 깨처럼 붙은 자개는 짙은 물웅덩이에 비친 무지개 같았다. 옆에 단아가 있었다면 정말 무지개 같지 않냐며 동의를 구했을 거다. 수인은 비가 많이 오는데 혹시라도 2차 보안검색원으로 일하는 단아가 야외 업무를 맡게 된 건 아닐지 걱정됐다. 의식의 흐름을 따르던 수인은 잠시 서서 단아에게 조만간 만날 수 있냐는 문자를 보냈다.

[그래 만나자.]

단아의 빠른 답장에 수인은 괜히 들떴다. 수인은 단아와 각자의 회사로 배치된 이후 서로의 일정을 미리 공유해서 겹치는 휴일이나 시간에 약속을 잡았다. 수인은 단 몇 분이라도 시간이 날 때마다 단아와 나눈 카톡 대화를 다시 읽었다.

수인이 단아를 처음 본 건 늦봄, 1차 보안검색원 면접을 보러 가던 길이었다. 수인은 공항리무진 버스에서 내려 게이트를 향해 걷고 있었다. 그때 수인의 눈에 단아가 들어왔다. 수인과 비슷한 정장 차림새로 공항을 차분하게 응시하는 모습에 눈길이 갔다. 흰색 블라우스에 진회색 H라인 정장 치마가 깔끔하게 잘 어울렸다. 단아는 걸려온 전화를 받고 있었다. 멀찍이 서 있던 수인의 귀엔 '보안검색'이라는 단어만 제대로 들렸다. 아무래도 수인과 같은 면접을 보러 온 모양이었다. 수인은 그 사실 하나만으로도 어쩐지 친근한 기분이 들었다. 수인은 짧게 통화를 마친 단아에게 다가가 면접장 가는 길을 물어야겠다고 생각했다. 그때 한 노부인이 먼저 단아를 불러 세웠다. 단아는 길을 못 찾아 곤란해하는 노부인의 캐리어를 대신 끌어주고, 게이트까지 동행하며 일행을 찾아주었다. 낯선 공간을 핑계로 제 몸 하나 건사하기도 바쁜 수인과는 여유부터가 달랐다. 생색내는 표정 하나 없이 자연스러웠다. 일행을 만난 노부인이 그제야 긴장을 풀고 단아를 향해 빙긋 웃었다. 줄곧 차갑던 단아의 얼굴에도 미소가 번졌다. 수인은 얼결에 그들을 따라 걷다가 단아의 미소를 보고 모든 행동을 멈췄다. 시간이 가볍게 붕 뜨는 느낌을 받았다. 단아가 뒤를 돌아 수인 쪽으로 걸어왔다. 세워진 콧대와 갸름한 얼굴선이 예뻤다. 가까이 다가올수록 투명한 볼에 비치는 핏줄 때문에 얼굴이 대체로 옅게 푸르스름했다. 정신 차리자, 이수인. 수인은 크게 심호흡하고 흐트러진 곳이 없는지 옷매무새를 살폈다. 정장에 붙은 실밥을 정리하고 다시 앞을 보았다. 단아는 이미 시야에서 사라지고 없었다. 한참 두리번거렸지만, 비슷한 뒷모습이 많아서 분간할 수 없었다. 뛰지도 않았는데 심장이 빨라졌다.

만약 1차 보안검색원 면접에 합격한다면 수인은 한동안 영종도에 발 딛고 살아가야 했다. 면접장 위치를 열심히 검색하면서 걸었다. 합격했으면 하는 마음과 덜컥 합격하면 어쩌나 하는 불안한 마음이 동시에 들었다. 띠를 이룬 진한 주홍빛 석양이 인천공항 통유리 안으로 잔잔하게 들이치는 오후였다. 그 안과 밖으로 바삐 움직이는 사람들이 보였다. 수인은 그 풍경과 인파 속에 섞여 살아갈 자신의 미래를 어렴풋이 상상했다.

수인이 면접장에 도착했을 때 담당자는 면접 조를 나누는 중이었다. 담당자는 옆 방의 면접자들까지 합쳐 전체 응시자 중 25퍼센트만 합격한다고 강조했다.

수인의 차례가 가까워질수록 대기실의 공기가 무거워졌다. 인솔자를 따라 면접실로 향하던 수인은 면접장 복도에서 다시 단아와 마주쳤다. 이미 면접을 본 단아는 같은 조원들과 대화하며 수인의 곁을 지나갔다. 어딘지 단정한 걸음걸이였다. 단아에게서 희미하게 레인 머스크 향기가 풍겼다. 향수가 아닌 바디 제품에서 나는 은은한 향기 같았다. 그 순간 수인은 단아의 가슴팍에 붙은 응시표에서 정단아,라는 이름을 보았다. 향기가 점점 아득해졌다. 수인은 뒤를 돌아봤지만 바로 다음 면접이 수인이 속한 조였기 때문에 말을 걸어볼 여유는 없었다. 수인은 속으로 단아의 이름을 몇 번 되뇌었다.

단아와 함께 일할 수도 있다는 가능성이 동기부여에 불을 지폈다. 수인은 최선을 다해 면접을 봤다. 면접장 분위기는 냉랭한 편이었다. 위계질서나 우선순위에 관련된 압박 질문이 들어왔을 땐 긴장한 기색을 보이지 않으려 애썼다. 면접관들이 수인의 답변에 호의적이지 않아서 수인은 속으로 탈락일지 모른다고 생각했는데, 며칠 후 발표된 결과는 합격이었다.

1차 보안검색원 파견 회사 첫 집합 날, 수인은 제일 먼저 단아를 찾았지만, 보이지 않았다. 다른 곳에 먼저 합격한 걸까? 괜히 기분이 가라앉았다. 그 이후 보름이나 투입 대기 시간을 보내야 했다. 앞선 기수가 교육받는 중이라서 이번 기수는 다음 회차 특수경비 신임 교육과 OJT* 교육을 들은 뒤에야 본격적인 업무에 투입될 수 있다고 했다. 교육 대기를 하는 보름 동안, 수인은 마련한 오피스텔에 살림을 채워 넣었다. 그러다 가끔은 이유 없이 밖으로 나와 공항이나 운서역을 중심으

---

*　　On the job training. 일상적인 직무를 통해 실시하는 직장 내 교육 훈련.

로 거리를 배회했다. 단아를 우연히라도 만나고 싶었지만, 한 번도 마주치지 않았다. 단아를 보고 느꼈던 그 기묘한 아우라는 그날의 긴장이 불러낸 단순한 허상이었을까? 수인은 얼굴과 이름밖에 모르는 누군가를 떠올리면서 많은 시간을 쓸 수 있다는 데에 스스로 조금 놀랐다. 수인은 공터에 홀로 앉아, 이름 모를 감정의 정체가 낯선 곳에서 필사적으로 찾는 동질감 같은 것이라고 단정 짓기로 했다.

그로부터 보름이 지났다. 아무 기대 없이 나간 신임 경비 특수교육장에 단아가 있었다. 수인은 단아를 보자마자 자신도 모르게 미소를 지었다. 지난날 공터에서 동질감이라고 섣불리 단정 지은 마음이 무색할 정도로 반가웠다. 어쩌면 이 세상엔 필연이란 게 존재할지도 모른다는 생각마저 들었다. 수인은 무작정 단아의 옆자리로 갔다. 만일 다른 사람의 자리라고 해도 짧은 대화는 나눠볼 수 있었다. 수인이 단아의 옆 책상 위로 짐을 올리자, 단아가 조용히 옆 좌석에 놓았던 본인의 가방을 치워줬다. 단아의 말 없는 행동에 수인은 마음이 조금 들떴다.

"저희 1교시가 보안검색 기초 맞나요?"

"네."

"뒤에 게시판에 붙은 출석 QR코드는 수업 다 끝나고 퇴실할 때 한 번 더 찍어야 하죠?"

"네."

"오늘 몇 시에 끝날까요?"

"5시 반이요."

단아는 자신의 시간표를 보여줬다. 수업 일정을 비롯해 단아에게 물어본 모든 것은 사실 수인도 이미 알고 있는 것들이었다. 단아는 귀찮아하면서도 잘 알려줬다. 단아는 시간표를 자기만의 방식으로 연습장에 새로 그려서 가지고 다녔다. 글씨가 정갈한 데다가 과목마다 다른 색상으로 음영을 넣어 한눈에 보기가 좋았다. 단아는 사소한 일에도 최선을 다하는 사람인 것 같았다. 올 때마다 업체에서 준 메일을 뒤져서 수업 시간표를 ─그것도 당일 수업만─ 확인하는 수인과는 전혀 다른 철저함이 있었다. 강사의 말을 들어보니 2차 보안검색 회사인 단아네 파견 회사는 수인네 파견 회사와 협력업체라서 공통 이수 과목인 특수경비 신임 교육을 함께 듣게 된 거였다. 단아는 처음엔 수인을 약간 경계하는 듯한 말투였지만, 점점 나긋해졌다. 목소리가 중저음으로 일정해서 참 듣기 좋았다. 동갑이니 서로 말을 놓기로 했다. 수인이 다짜고짜 반말을 시작하자 단아도 응, 알겠어요, 식으로 서서히 말을 놨다.

수인은 그날 수업이 끝나갈 때부터 다음 날 수업이 기다려졌다. 운서역까지는 귀갓길이 같아서 동행했다. 수인은 수업 시간에 무얼 배웠는지 기억나지 않았다. 그저 단아와 친해지고 싶다는 바람뿐이었다.

단아를 떠올리니 출국장으로 향하는 수인의 발걸음이 한결 가벼워졌다. 낮인데도 공항 밖이 흐려 보였다. 휴대전화 예보에 비가 더 거세질 거라는 알림이 떴다.

수인을 처음 만난 건 특수경비 신임 교육에서였다. 단아네 회사의 규모가 작아서 파견 회사 중에서도 중견에 속하는 수인네 회사 교육에 합류했다. 단아가 면접을 봤으나 낙방했던 회사였다. 수인네 파견 회사는 공항공사 소속 자회사였고, 계약직으로 채용되어도 정규직으로 전환될 가능성이 높은 곳이었다. 반면 항공사 소속인 단아네 회사에서는 애초에 정규직은 가망이 없었다. 교육 첫날 단아는 아무하고도 친해지지 말고 정말 공부만 하자고 다짐했다. 단아네 회사에서 특수경비 신임 교육을 듣는 것은 혼자뿐이었고, 단아는 자신을 뺀 모두가 같은 1차 보안 회사 소속이니까 당연히 혼자일 거라고 이미 각오하고 왔다. 사람을 만나는 것도 감정과 시간이 소모되는 일이다. 그럴 에너지면 저녁이나 주말에 단기 아르바이트를 해서 돈을 모으는 게 단아에게 현실적인 최선이었다. 교육을 받는 동안에도 교통비와 식비, 월세는 꼬박꼬박 나가지만, 그렇다고 교육비를 따로 주는 것은 아니었다. 예산을 더욱 줄여야 했다. 3주간의 특수경비 신임 교육만 끝나면 바로 업무에 투입될 수 있을 거라던 면접 담당자의 말이 현재로서는 단아가 붙잡을 수 있는 유일한 희망이었다.

일단 식비부터 아끼자. 일주일에 사흘은 교통비만 쓰고 지출을 전혀 안 하면 일주일 치 예산으로 이 주일을 살 수 있었다. 잔액은 CMA 계좌에 넣어 단돈 몇십 원이라도 매일 이자가 붙게 하고, 아침은 식빵 두 쪽과 우유, 아니다 우유는 비싸니까 두유, 점심은 교육원에서 제공되는 중식을 많이 먹고, 저녁은 징검다리로 굶자. 간헐적 단식이 뭐 별건가. 이런저런 다짐을 하며 수업을 준비했다. 그때 단아에게 처음으로 말을 건넨 사람이 수인이었다. 단아는 소리가 나는 방향으로 고개를 들었다. 조명이 환해서 눈이 부셨는데, 그 눈부신 시야 중앙에 수인이 서 있었다. 눈을 바로 뜨자 점점 빛에 익숙해진 단아의 눈에 수인이 찬찬히 들어왔다. 자리가 비었냐고 물어오는 눈이 웃고 있었다. 눈을 반쯤 가린 긴 속눈썹은 누워 있는 알파벳 J와 닮았고, 밝은 갈색의 파마머리는 푸들을 연상케 했다. 얼굴에 바른 펄이 잔잔하게 반짝였고, 가슴까지 내려온 굴곡진 머릿결은 수인이 뭔가를 말할 때마다 은은한 풀꽃 향기를 풍기며 동그랗게 흔들렸다. 같은 회사 사람이라고 착각하는 걸까. 단아는 대책 없이 밝은 수인의 에너지가 불편하고 부담스러웠다. 수인은 서로 알게 된 첫날부터 동갑이니 말을 놓자고 했다. 단아는 수인이 자신에 대해서 얼마나 안다고 이

렇게 경계심 없이 구는지 당최 알 수가 없었다. 수인의 표정
과 행동은 이벤트에 당첨된 사람처럼 들떠 있었고, 대체로 수
다스러웠다. 뭔가를 빌리고, 묻고, 궁금해하는 데에 망설임이
없었다. 단아의 기준에서 그건 초면에 맞지 않는 태도였다.

불편해. 처음에 단아는 어떻게 하면 완곡하게 선을 그을 수
있을지 매일 고민했다. 수인은 아무것도 침범하지 않았지만,
단아는 어떤 방식으로든 수인이 자신의 일상을 휘저을 것만
같았다. 하지만 하루, 이틀, 일주일이 지나자 점차 수인에게
익숙해졌다. 쫑알쫑알 수다스러운 사람과 함께 있는 것도 생
각보다 나쁘지 않다는 생각이 들었다. 수업을 듣다가 수인은
손으로 턱을 괴고 꾸벅꾸벅 졸기도 했는데 그럴 때는 조금 심
심하기까지 했다. 졸다 깬 수인이 다급히 단아의 어깨를 볼펜
끝으로 건드려서 옆을 돌아보면 연습장에 오늘 끝나고 뭐 하
냐느니, 점심 메뉴가 뭔지 아냐느니 하는 사소한 질문이 쓰여
있었다. 단아는 동그라미를 이상하리만큼 크게 쓰는 수인의
글씨체를 보면서 글씨체조차 주인을 닮았다고 생각했다. 뭐
든지 둥글둥글 괜찮아 보이는 수인을 닮은 글씨체. 단아는 자
신이 그 글씨체를 평생 흉내 낼 수도 없다는 걸 알았다. 수인
의 글씨 옆에는 특수 부호를 이용해서 그린 이모티콘이나 작
은 스마일이 붙어 있었다. 시간이 흐르면서 이모티콘의 자리

엔 어느 순간부터 빈 하트♡와 채운 하트♥가 대신했다. 어린 시절부터 단아는 남들이 곧잘 쓰는 하트 모양이 왜인지 어색했다. 그걸 아무렇지 않게 쓰는 사람들은 어떤 삶을 살아왔을지 궁금했다. 보름이 넘는 동안 귀갓길에 단아는 수인과 함께 많은 이야기를 나누었다.

겉으로 보기에 수인은 이야기를 많이 하는 편이었지만 정작 자신의 속 얘기는 하지 않았다. 긴밀하게 개입하지 않으면서 심심하지는 않은 관계. 어쩌면 이건 단아가 생각해 온 이상적인 관계이기도 했다. 수인은 자신이 관심 있는 인디밴드의 신곡 발매 현황에 대해서 말하다가 메인보컬의 머리 색상으로 주제를 넘겼다. 그리고 자연스럽게 자신이 염색한 이유를 말하다 말고 결국 빠지면 다시 갈색이야,라고 갈무리했다. 대부분 혼자 말하고 혼자 재미있어하면서 웃었다. 작고 하얀 손으로 더 작은 입술을 가리며 웃는 수인의 모습에 단아는 예쁘다는 말이 절로 나왔다. 그 바람에 수인이 수다를 떨다 말고 어리벙벙한 표정으로 단아를 바라보았다.

"아, 손톱 말이야. 네일아트 예쁘네."

단아는 변명하듯 수인의 손톱이 예쁘다는 말을 덧붙였다. 수인은 손등을 단아의 얼굴 높이로 들어 보이며 생긋 웃었다. 그 이후 단아는 손톱 보자는 말을 더 자주 하게 됐다.

언제부터인가 자려고 누우면 그날 수인과 나눈 대화가 떠올랐다. 단아는 자신이 조금 더 유쾌하고 유머가 있었다면 좋았겠다고 생각했다. 그러다가도 자다 깬 어느 새벽엔 수인의 존재가 두려웠다. 고향이 아니라는 이유만으로 무방비하게 자신의 영역 안에 사람을 들이고 있나 싶어서였다. 이러려고 고생스럽게 돈 모아 영종도에 온 건 아니었다. 1차 보안검색원 면접에서 낙방하고, 2차 보안검색원을 직업으로 선택하면서까지 지켜낸 독립이었다. 한데 혼자 떠나와서 생겨난 알량한 외로움 때문에 너무도 쉽게 타인에게 마음을 열어버린 것 같았다. 수인을 떠올려야 그나마 버틸 수 있는 영종도 생활이라니. 단아는 그 외로움의 이유를 알지 못해서 아침까지 뒤척였다.

새로운 아침이 되면 단아는 다시 머리를 단정하게 빗고, 수업 내용을 정리한 수첩을 챙겼다. 수인에게 쉽게 설명해 주기 위해 불면의 밤을 지새우며 뽑은 시험 예상 문제였다. 작은 것 하나에도 수인의 반응을 함께 생각했고, 동선이나 개인 일정을 체크할 때도 수인에게 들은 일정이나 수인의 선호를 고려했다. 단아가 챙긴 여분의 소지품이 수인에게 필요한 순간이 오면 괜스레 기분이 좋았다. 하지만 수인이 귀가하는 중에 같이 공부하지 않겠냐고 제안할 때면 곤란하기도 했다. 예상에 없었던 카페 방문은 미리 생각해 둔 저녁 예산과 맞바꿔야 했기 때문이다. 절충안으로 단아는 수인의 제안을 두세 번에 한 번씩만 수락했다.

단아는 1인 1메뉴 규정에 맞춰 아메리카노만 마셨고 수인은 늘 딸기라떼를 시켰다. 두 사람은 공부를 핑계로 카페에 가서 잡담을 더 많이 나눴다. 단아는 아이를 달래듯 '수인아, 딱 30분만 집중하자. 응?' 말해 가면서 공부 시간을 벌려고 했다. 사적인 대화가 시작되면 제동을 걸기도 했다. 수인이 작고 얇은 입술로 뭔가를 끊임없이 말하는 모습을 보다 보면 시간을 뺏기기 일쑤였다. 방심하다가는 함께하는 저녁도 기대하게 될지 모를 일이었다. 단아에게 수인과의 저녁 식사는 금전적으로 부담이었다. 단아는 매번 저녁 약속을 거절하고 운서역 앞에서 헤어졌다. 수인은 자주 공부하는 시간을 갖자며, 같이 공부하니까 집중이 두 배로 잘된다는 내용의 문자를 보냈다. 그 문자를 보고 단아는 길가에 멈춰 서서 소리 내어 웃었다. 계속 딴짓하고, 빨대로 딸기시럽 건더기를 건져 먹는 일에만 몰두하던 수인의 아이 같은 모습이 떠올라서였다.

교육원 측 사정으로 교육 기간이 3주에서 4주로 연장되었다. 일주일 늦게 업무에 투입되는 건 재정상으로 큰 타격이었지만, 적어도 일주일은 수인과 더 만날 수 있었다. 단아는 부천에 소재한 교육장까지 가는 길에 일부러 운서역에서 열차를 여러 번 놓쳤다. 운이 좋으면 한 번씩 수인과 타이밍이 맞았고, 자신이 만든 우연을 놀라워하고 신기해하는 수인의 천진함을 보면서 몰래 피식 웃었다. 사람이 어떻게 이렇게 순수하고 맑나. 수인은 태어나서 단 한 번도 상처받지 않은 사람 같았다. 타인을 쉽게 믿고, 배신당하고 그러고도 또다시 덥석 마음을 열어줄 수인의 미래가 그려졌다. 그럴 때마다 마음 한 구석에서 참을 수 없는 불편함이 느껴졌다. 단아가 보기에 수인은 현재나 미래에 대한 아무런 걱정이 없어 보였다. 어느 날부터 마냥 천진하기만 한 수인을 향한 충고와 조언들이 입 안에 고였다가 사라지길 반복했다. 도움말이랍시고 내뱉으려는 말에서 단아는 자신의 날 선 모서리를 느꼈다. 입 밖으로 내뱉진 않았지만, 수인과 말다툼하는 상상을 했다. 그런 상상만으로도 수인이 자신과 멀어지는 느낌이 들었다. 그러다 보니 그렇게까지 냉정하지 않아도 되는 상황에서도 말이 차갑게 나왔다.

"단아야, 나 네일아트 하는 곳 알지? 거기 원장님이 이달 말에 결혼한대. 축의금 얼마를 해야 하지? 얼마를 해야 적당한 건지 누가 좀 알려주면 좋겠다.”

“정식 출근하면 네일아트 할 틈도 없을 텐데 그냥 모르는 체 해. 청첩장을 받은 것도 아니잖아.”

“그래도 결혼한다는 얘기를 들었는데 어떻게 그래.”

“왜 못 그래? 어차피 인생에서 스칠 사람들 아냐? 지금 축의를 한다고 해도 네가 돌려받는다는 보장도 없잖아. 그런 소비는 영양가 없지 않아?”

“나야 뭐 결혼은 안 할 거니까 못 돌려받는 건 상관없긴 한데……”

“그러면 나한테 왜 물어봤어? 네가 하고 싶은 대로 해.”

단아의 차가운 반응에 수인은 얼굴을 붉히며 당황하기도 하고, 가끔은 억울해하거나 자신이 좋으면 그걸로 된 거 아니냐고 반문했다. 단아는 어느 순간부터 수인을 어리석고 한심하다는 듯 몰아붙이는 일이, 자신을 향한 것인지 수인을 향한 것인지 구분할 수 없게 됐다. 단아는 상당한 존재감을 가진 이수인이라는 자극 때문에, 자꾸만 수인을 자신이 원하는 방향으로 통제하고 싶은 욕구를 애써 억눌러야 했다.

한 승객이 문형 탐지기를 지나자, 랜덤 벨이 울렸다. 그는 당황한 기색을 감추지 못하고 주위를 두리번거렸다. 같은 팀 주호 씨가 핸드 스캐너로 남자를 재검색했다. 시계, 벨트 등 소리가 날 만한 금속물 주변을 확인하고, 위해 물품을 은닉할 만한 겨드랑이, 옷깃, 주머니 등을 손으로 꼼꼼하게 짚었다. 늘 긴장 상태인 주호는 땀이 난 손을 자신의 갈색 제복 바지에 여러 번 닦았다. 수하물 X-Ray를 판독하던 미애가 급히 조장인 민석을 불러 귓속말했다. 민석은 건들거리며 남자를 잡아 세웠다. 수인은 민석의 지시로 남자의 가방을 개봉했다. 검색 대기 승객들이 웅성거렸다. 남자의 기내용 가방 지퍼를 열자 꿉꿉한 냄새가 훅 끼쳤다. 그래도 침착하게 남자의 짐을 살폈다. 가방에는 건조가 시급한 옷 무더기와 세면용품, 수첩, 볼펜 등이 난잡하게 섞여 있었다. 그리고 그 사이에서 수상한 물체가 손에 잡혔다.

총이었다.

놀란 기색을 감추지 못한 수인은 물체를 잡은 손을 조심스럽게 빼면서 민석과 빠르게 시선을 교환했다. 민석이 가까이

다가와서 수인이 꺼낸 것을 낚아채 앞뒤를 살폈다. 3D프린터로 제작된 총은 X-Ray 판독 시 실제와 잘 구분되지 않아서 비슷한 형태만 보여도 반드시 개봉 작업을 해야 했다. 다행히 남자의 가방에서 발견된 것은 형광등에 비추면 속이 훤히 보이는 플라스틱 재질의 장난감이었다.

"아, 난 또 뭐라고. 그거 우리 베니 거예요. 여기 뒤에 구멍 보이죠? 이곳에 간식을 넣고 쏘면 이렇게 간식이 휙- 하고 멀리 날아가는 원리예요. 우리 베니가 얼마나 날쌘지, 간식을 주잖아요? 그러면 잽싸게 휙- 채가서 먹는다니까요."

남자는 격양된 목소리로 말하면서 한쪽 팔로 허공에 포물선을 그렸다. 달뜬 그의 행동이 조금 모자라게 느껴지기도 했고, 지나치게 넘쳐 보이기도 했다. 그럼 그렇지. 수인은 안도의 숨을 내쉬고 미애에게 손목을 X자로 교차하여 신호를 보냈다. 미애는 안도의 표정을 짓다가 눈을 찌푸리며 왼쪽 볼에 손을 가져다 댔다. 오전에 외국인 승객에게 맞은 뺨이었다. 기내에 대용량 클렌징 티슈를 가지고 탈 수 없다는 안내가 폭행의 이유였다. 간혹 물품을 수거당한 승객들은 보안검색원들이 물건을 나눠 갖는다고 오인하기도 했다. 업무상 기내 반입이 금지되어 수거된 물품들은 기부된다. 하지만 그들은 차분히 이런 절차를 들어줄 마음이 없다. 그래서 매번 해명의 기회도 없이 누명을 썼다. 절로 한숨이 났다.

미애를 보는 사이에 민석은 저만치 멀어졌고, 수인은 남자의 짐을 서둘러 다시 밀봉했다. 총이 아니라는 사실에 갑작스럽게 긴장이 풀렸다. 무의식적으로 가방을 닫는데 수인의 입에서 악 소리가 났다. 니트릴 장갑이 찢어져 중지 손톱이 찢어진 틈새로 나왔다. 남자의 가방을 정리하다가 지퍼에 걸린 모양이었다. 중지 끝에 얼얼한 통증이 일었다. 수인은 급히 장갑을 벗어 손톱을 제대로 확인했다. 남자는 휴대전화를 히죽거리며 보다가 헛기침하며 수인을 위아래로 훑어봤다.

"천천히 하세요."

남자의 말이 반어로 들려서 부지런히 지퍼를 닫고 여행 가방을 내밀었다.

"협조해 주셔서 감사합니다."

"별말씀을."

남자는 의뭉스럽게 웃으며 출국장을 빠져나갔다. 수인은 남자가 멀어지자마자 다시 손톱을 확인했다. 찢긴 부분이 뭉툭하게 튀어나왔다. 통증도 통증이지만 새로 받은 네일아트인데 단아를 보여주기도 전에 망가졌다는 사실이 더 쓰라렸다. 검색대 너머를 보았다. 아직 검색대에 오르지 못한 승객들이 대기열에 가득했다. 공항에선 하루 사이에도 많은 일이 일어났다. 아침부터 친한 선배가 고작 클렌징 티슈 때문에 우발적인 폭행을 당했다. 또한 한때 해외 유명인의 SNS 피드에서 시작되어 유행한 '공항 검색대 트레이 꾸미기*'를 하느라 빨리 검색대를 통과하지 않는 승객도 여전히 많았다. 동시에 그런 승객들을 제지하지 않는다는 이유로 다른 승객들은 검색 대원에게 대놓고 힐난을 퍼부었다. 뿐만이 아니었다. 위해 물품으로 보이는 것은 수도 없이 발견됐으며, 팀원들은 서로의 사소한 언행에도 신경질적으로 반응했다. 수인은 지칠수록 같은 공항 어딘가에 있을 단아를 생각했다. 곡선으로 휜 눈매와 매사에 침착한 말투를 떠올리자 조금 위로가 됐다.

◆ ◆ ◆

"미애 선배 괜찮아요?"

"분하지. 규칙대로 했을 뿐인데 내 잘못인 것처럼 몰아가는 분위기였잖아. 내가 피해자인데 나보고 사과하라니. 솔직히 살면서 뺨 맞을 일이 얼마나 있겠어? 아픈 것보다 수치스러움

---

* 공항 보안검색대에서 사용하는 플라스틱 트레이(바구니)에 승객 본인의 소지품이나 사치품을 보기 좋게 배열하여 사진을 찍고, 이를 SNS에 공유하는 행위.

이 더 크더라. 직장이고 뭐고 그 아줌마 머리채 잡고 싸우고 싶었다니까. 내가 월급을 받는 처지라고 해서 날 함부로 해도 된다고 허락한 건 아닌데.”

“저도 갑자기 그런 일이 일어나서 깜짝 놀랐어요.”

“이래저래 오늘은 날이 아닌가 보다. 장난감 총도 한 소리 들었어. 그것도 나는 교육받은 대로 한 건데 결과적으로 긴장감 조성하고 주의를 끈 건 내 잘못이래.”

“헐.”

휴게실에서 미애는 힘없이 고개를 저으며 파스를 건넸다. 수인에게 매일 주던 발바닥 전용 파스였다. 수인은 20분 남짓한 보장 시간에 휴게실 벽에 다리를 올리고 미애와 함께 L자 다리를 하고 있었다. 다른 선배나 동기들도 몸의 최대한 많은 면적을 바닥에 기대고 있었고, 신입 직원들만 뻣뻣하게 중앙에 앉아 시계만 바라보거나 휴대전화를 매만졌다. 수인은 한쪽 벽에 다리를 올린 채로 무릎만 굽혀서 양말을 말아 올리고 발바닥에 파스를 붙였다.

어디에선가 아이 씨 파스 냄새, 하는 소리가 귓가로 날아들었지만 모른 척했다. 그래도 무안한 감정은 어쩔 수 없어서 애먼 종아리만 주무르듯 쓸었다. 망가진 중지 손톱이 눈에 보일 때마다 자꾸 거슬렸다. 물이 들어가면 틈은 점점 벌어질 것이고, 며칠 동안은 작은 자극에도 아린 손끝을 움켜쥐게 될 것이 뻔했다. 한숨을 쉬며 옆을 보았다. 수인의 종아리와는 다르게 미애의 종아리엔 푸르스름하게 튀어나온 핏줄이 유난히 많았다. 장기 근속한 미애는 하지정맥류약을 꾸준히 처방받는다고 했다. 수인이 갓 입사했을 때에도 미애는 다리 부종이 덜한 신발 브랜드를 알려주면서 친분을 틔웠다. 수인은 근무하면서 미애가 여러 공사 소속 노조에 가입되어 있다는 걸 알았고, 수면 장애를 달고 살면서도 정규직이 되기 위해 이곳에서 몇 년을 버텼다는 사실 또한 알게 됐다. 미애는 수인에게 종종 이렇게 말했다.

"어차피 금방 퇴사할 거 알아서 내가 남한테 정을 안 주려고 노력하는 편인데, 수인이 넌 참 묘해. 이상하게 정이 가."

수인은 시간이 흐를수록 미애가 말로는 남을 경계한다면서 행동으로는 지나치게 남을 생각하고 걱정하는 사람인 걸 알게 되었다. 수인이 느낀 미애는 타인의 일도 본인 일처럼 나서고 공감하려 애쓰는 사람이었다. 특히 노조 일이라면 자신의 정체성이라고 믿는 사람처럼 궂은일도 발 벗고 나섰다. 업무 사이사이의 수인과 미애의 대화는 넓고 깊어졌다. 미애는 출근하면서 한 번씩 타피오카 펄이 들어 있는 밀크티를 사 와 수인에게 건넸다. 어느 순간부턴가 미애가 들어서면 냉랭하던 휴게실이 아늑하게 느껴졌다. 분명히 단아에게 느끼는 감정과 다른 부류의 친밀함이었고, 수인은 미애에게 가끔 단아의 이야기를 했다. 이름 그대로 부르면 누군가 알아챌 것 같아서 그들은 단아를 칭하는 암호를 썼다. 이름하야 D.

"그래서 D에 대한 마음이 좀 애매하다는 거네?"

"네. D가 저를 어떻게 생각하는지 모르니까 자꾸만 과장된 행동이 나와요. 더 오버하고 더 밝은 척하고. D가 같은 일로 한 번은 화냈다가 또 다른 날은 아무렇지 않게 지나가도 저는 괜찮은 척해요. 신경전 하느라 서로 상처 주고, 결국 단절될까 봐 겁나기도 하고요. 가만히 있으면 마음을 알아챌까 봐 아무 말이나 떠드는데, 그러다가 집에 가면 후회하고. 근데 더 웃긴 건 후회하는 동안에도 D의 웃는 모습이나 손으로 뭔가를 만지는 습관 같은 것들이 생각나고 그래요."

"어휴, 병이네. 병이야."

"그니까요. 미쳤나 봐요. 저 혼자만."

"사랑은 다 미친 짓이지. 미치지 않은 건 사랑이 아니야. 내가 할 말은 아니지만."

"근데 더 혼란스러운 게 뭔 줄 알아요? 이 감정이 솔직히 사랑인지는 모르겠다는 거예요."

"사랑의 정도가 얼만큼인지 영양 성분표처럼 나타나는 것도 아닌데 그걸 나누는 건 의미 없지. 몸은 머리보다 늘 먼저 반응하니까."

"선배, 그렇게 말하니까 꼭 연애 고수 같아요."

"연애 고수라니? 나 무성애라니까? 이 연애에 미친 사람들 속에서 살아남으려고 책으로 학습한 거지. 아유, 나도 사랑 타령이나 하면서 살고 싶다."

"그래도 선배에게 사랑이 없는 건 아니잖아요. 관계를 안 하는 것뿐 아닌가요?"

"관계?"

미애가 너무 큰 소리로 되묻는 바람에 수인이 놀라 동공이 커졌다. 미애가 짓궂은 얼굴로 미소를 지었고, 수인은 약간 당황했지만 입은 어색하게 웃고 있었다. 미애가 걱정하지 말라는 눈빛을 보내며 목소리를 낮춰 말을 이었다.

"그렇지. 성적 매력과 인간에 대한 호감이 꼭 동시에 발현되는 건 아니니까. 그러니까 사랑하면 관계하고 싶은 게 본능이라는 말이 전부 사실은 아니지. 아니면 나 같은 사람은 배제하고 뱉은 말이거나."

"선배는 선배를 잘 알아서 참 부럽네요."

"뭐래. 내가 웃긴 이야기 해줄까? 누군가는 내가 나를 잘 몰라서 무성애라 단정 지어 말할 수 있는 거라더라."

"누가 그래요?"

"멀리 안 가고 우리 엄마도 그래. 당신이 관심을 덜 줘서 이렇게 된 거냐면서 내 성향이 문제가 있는 것처럼 말하더라고. 뭐 이젠 그런 반응들이 놀랍지도 않아."

"부모님도 배워가는 과정이라 그럴 거예요. 지금의 저처럼요. 저도 선배 얘기 듣고 찾아보게 되었거든요. 제가 혹시라도 선배한테 말실수할까 봐요."

"의외로 섬세하네. 진짜 모르는 게 권력이 되기도 하더라. 전에 내가 소수자 정모에 나간 적 있었거든? 거기서 나만 무성이고 다 동성이거나 양성이었어. 근데 한 동성 커플이 정모가 끝날 때쯤 내가 앉아 있는 테이블로 오더라? 그러더니 안타까운 표정으로 '운명의 짝을 찾으면 생각이 바뀔 거예요. 기다려봐요'라고 말하는 거야. 내가 어이가 없어서 피식 웃었는데, 그때 그 옆에 있던 커플이 한마디 보태더라."

"뭐라고요?"

"응원할게요, 래."

수인은 미애의 말에 쓸쓸한 표정을 지으면서도 주위를 슬며시 둘러보았다. 아무도 관심 없는 것 같았지만, 동료들이 혹시나 대화 내용을 엿들었을지, 만일 들었다면 무슨 생각을 할지 눈치가 보였다. 수인은 그런 자신을 보고 피식 웃는 미애의 모습에 자신의 본심이 다 들킨 것만 같았다.

"작게 말했어. 걱정하지 마. 원래 이런 말들이 크게 소리나는 기분이 들어. 그리고 나는 부끄럽지 않아. 남한테 피해를 준 것도 아니고."

"아, 그게 아니라……. 그 상황이 잘 이해가 안 가서 생각하는 중이었어요."

"이해 안 될 게 뭐 있어. 무성애는 소수자 속에서도 극소수인 거 새롭지도 않잖아? 기업으로 따지면 원청의 하청의 2차 하청쯤 되는 인지도랄까? 그냥 이게 현실인 거지. 상대적으로 다른 소수자보다 무성애에 관한 연구는 턱없이 부족해. 그게 우리가 소수 중 극소수란 증거지. 인지한다 해도 굳이 드러내지 않아도 된다는 사람도 많으니까. 근데 있잖아, 나는 그때 정모에서 확실히 느꼈다? 나를 우려해서 전하던 그들의 말은 위로였고, 그들의 몸짓은 안도였으며, 그들의 눈빛은 우월감이었다는 걸."

"어렵네요. 저는 어쨌든 간에 선배가 좀 더 편해졌으면 좋겠어요."

"뭐? 으이구."

미애는 손을 뻗어 수인의 옆머리를 헝클었다. 수인은 가만히 고개를 돌려 정자세로 누운 미애의 옆모습을 보았다. 천장

어딘가를 보고 누운 미애의 얼굴은 지쳐 보였다. 아직도 미애의 볼에 남은 붉은 기가 화장한 얼굴 표면 위로 지글거리는 것 같았다. 불안하게 떨리는 눈빛과 그렇지 않은 차분한 목소리. 수인도 천장을 바라보았다. 그러고선 분위기를 전환하려고 네일아트 재보수를 받으러 가야 하는 일과 오늘 발견된 규정 위반 물품 등에 대해서 늘어놨다. 만약 그때 한동안 미애의 얼굴을 볼 수 없다는 걸 알았다면, 수인은 그런 이야기만 하지 않았을 거다. 조금 더 미애의 이야기를 들어주었을 거다. 휴게실 방바닥엔 뭉근한 온기가 돌고 있었다.

♦ ♦ ♦

일주일이 지났다. 수인이 하는 1차 보안검색 일은 40분 업무에 20분의 휴식 시간이 보장됐다. 14시간 일하고 아침에 퇴근하면, 다음 날 점심까지 쉴 수 있었다. 7조 6교대 업무는 몇 개월이 지났지만 익숙해지지 않았다. 조장인 민석은 수인이 교대근무에 지친다고 토로할 때마다 자신은 12조 8교대를 했었다고 말하면서 으름장을 놓았다. 장시간 근무 대비 모자란 급여, 감정 소모를 동반한 신체적인 노동, 자회사 정규직이 될 수 있을 거라는 가느다란 희망. 수인은 예전에 비해 뭐가 좋아진 것인지 알 수가 없었다. 수인은 자신이 받는 급여에 수면 패턴을 망치는 대가도 녹아 있는 것 같다고 느꼈다. 미애는 며칠째 수인의 문자에 답장이 없었다.

수인은 불안을 느끼며 공항을 말없이 걸었다. 입사 초기만 해도 공항을 볼 때마다 자신이 이곳을 구성하는 일부가 되었다는 사실이 기뻤다. 리무진을 타고 공항에 진입할 때 느껴지는 웅장함과 적당한 소란, 세련된 디자인과 특히 시원하게 라운딩 된 통창이 마음에 들었다. 한눈에 보이는 풍경이 주는 안도감과 낯선 곳이 선사하는 자유로움이 좋았다. 수인은 아무렇지 않게 사람들과 섞여 걸으며 잠시나마 대인 기피나 우울증 따위는 남의 말이라고 느꼈다. 그러나 설레던 감정은 몇 개월 지나지 않아 다시 오래된 캐리어 바퀴처럼 닳았다. 승객들이 하나둘 출국장 주변으로 모여들고 있었다. 수인의 회사는 공사 소속 1차 자회사였고 수인은 계약직 직원이었다. 출근하는 날에는 보통 천 명 가까운 승객을 검색했다. 연속되는 검색 업무에 지칠 때면 수인은 단아가 하는 항공사 소속 2차 보안검색원의 업무가 궁금했다. 급여나 복지는 더 열악하더라도 단아와 함께 일하면 어느 정도 고단함이 상쇄될 것 같다는 생각도 해봤다. 수인은 일에 집중할 단아의 모습을 그려보았다. 그러나 단아의 업무를 잘 알지 못하니 구체적인 상상이 되지 않았다.

수인은 잡념을 뒤로하고 검색대에 들어섰다. 민석이 앳되어 보이는 낯선 여자와 웃으며 대화하다가 수인을 바라봤다.

"수인 씨. 우리 조에 합류한 신입이야. 잘 알려줘."

"네."

민석이 신입을 소개했다. 전문대를 갓 졸업하고 왔다는 신입은 민석의 밋밋한 농담에도 크게 반응하며 웃었다.

"선배님, 잘 부탁드립니다."

수인은 몇 달 차이로 듣는 선배님 소리가 불편했지만, 신입보다 더 밝은 목소리로 반겼다. 5인 1조로 팀워크를 발휘해야 하는 업무 특성상 공존을 위한 순간의 유대는 필수였다. 주위를 둘러보았다. 역시나 미애만 없었다.

"미애 선배는요?"

"몰라서 물어? 클렌징 티슈 사건 때문에 여기저기 불려 다니다가 그만뒀잖아. SNS로 노조 활동한 것도 문제가 되는 바람에 일이 커졌대. 내가 연락해도 안 받더라. 이제 안 볼 사이다 이거지."

사건이란 말에 신입의 동공이 커졌다. 민석은 신입의 놀라는 모습을 보고 어깨를 으쓱이면서 별일 아니라는 제스처를 취했다. 미애는 수인에게 냉기만 가득했던 조직의 한 줄기 온기였다. 휴게실에서 수인을 발견하면 발에 붙이는 파스를 건네며 '녹록지 않지?' 하고 따뜻하게 물어주던 유일한 사람이었다. 수인은 서운한 마음과 함께 어쩐지 휴식을 빼앗긴 기분마저 들었다. 미애에게 무슨 일이 생긴 건 아닐까, 걱정되기 시작했다.

단아는 인천공항 1터미널 대기석에 앉아서 수인을 기다렸다.

배터리 부족을 알리는 진동이 울렸고 단체 채팅방에서는 마감 근무자들의 업무보고가 이어졌다. 단아는 휴대전화를 양손으로 쥔 채 눈으로 수인을 찾았다. 근무를 마치고 오는 길이라 피로했지만, 신임 경비 교육이 끝나고 각자의 회사로 배치된 후 수인과 소원해진 것 같아 무리해서 약속을 잡았다. 물집이 잡힌 발뒤꿈치에 새 밴드를 붙이는데, 멀리서 걸어오는 수인의 모습이 보였다.

"단아야, 일단 운서역으로 가자."

못 본 사이에 수인의 얼굴이 야위어 보였다. 수인이 평소에도 베이지 계열의 옷을 즐겨 입어서인지 갈색과 베이지 조합의 제복이 잘 어울렸다. 단아가 다니는 2차 보안검색 회사는 반년 이상 근속하기 전에는 새로 유니폼을 맞춰주지 않았다. 퇴사자들이 택배로 보내온 것 중에 몸에 맞는 것을 찾아 입어야 했다. 검은색에 가까운 군청색 제복이었는데, 그마저도 검정 슬랙스 바지는 단아가 직접 구했다. 단아는 수인을 따라 걸음을 옮겼다. 운서역에 도착하자 수인은 집에 들러서 옷을 갈아입겠다고 말했다. 수인의 오피스텔은 운서역 근처였다. 단아는 방전된 휴대전화를 가방에 넣기 전 액정에 얼굴을 비춰보았다. 액정에 반사된 본인의 눈동자와 마주했을 때 단아는 해진 양말을 신지는 않았는지 필사적으로 기억을 되짚었다. 수인의 집에 가는 것은 처음이었다. 가슴이 뛰었다.

오피스텔 건물은 골드와 블랙의 조화로 말끔한 느낌을 주었다. 승강기는 입주자 카드를 찍어야만 해당 층을 누를 수 있었다. 승강기에서 내려 긴 호텔식 복도를 따라 들어간 맨 끝 집이 수인의 공간이었다. 수인의 집에는 내장형 식기세척기와 중형 냉장고, 매립형 에어컨 등 원룸치고 고급 옵션이 많았다. 단아는 그중에서도 세탁기에 탑재된 건조 기능이 탐났다. 세탁기에 그려진 건조기 모양을 밑줄 긋듯 여러 번 만졌다. 영종도는 빈번한 해무 탓에 빨래가 잘 마르지 않았다. 단아가 사는 원룸도 싱크대 아래 칸에 내장된 세탁기가 있지만, 기본 세탁 기능만 갖춘 드럼세탁기였고 그마저도 소음이 심했다.

"월세 70만 원 내면서 이런 데에 살면 좋아?"

"다들 이렇게 살잖아. 동료들도 여기 많이 살아. 처음엔 다들 월세로 시작하지 않아?"

수인이 욕실에서 씻으며 대수롭지 않게 되물었다. 단아는 질문한 걸 후회하면서 대답 대신 어항으로 시선을 돌렸다. 수인을 한 번도 집으로 초대한 적은 없었지만, 앞으로도 초대하지 못할 것 같았다. 단아의 월세는 관리비까지 합쳐서 수인이 내는 월세의 절반이었다. 애초에 수인은 본가로 월급의 반을 송금하지 않아도 된다. 그러니까 이 정도의 월세를 내도 더 많은 돈을 저축할 거라는 계산이 앞섰다. 그렇게 생각하니 가족이 부당한 월세처럼 여겨졌다.

어항에는 여러 종류의 구피가 헤엄쳤다. 성어부터 치어까지 크기도 다양했다. 치어들은 아크릴 부화 통에 따로 모여 있었고, 유어와 성어는 뒤섞여 물속을 유영했다. 수인이 오자마자 먹이를 주었는지 투명한 치어의 볼록한 배에 주황빛 사료가 비쳤다. 어항 옆으로는 종류가 겹치는 화장품이 가득했다. 단아는 충전기에 휴대전화를 연결하고, 눈으로 수인의 세간살이를 둘러보면서 머릿속으로는 가격대를 환산했다. 줄곧 수인에게 필요할 만한 걸 선물하고 싶었는데 수인은 자신이 끼어들 틈도 없이 이미 다 가진 사람 같았다. 고개를 돌려 창밖으로 운서역이 보였다. 이곳에서 내려보면 쫓기듯 출근하는 자신도 작고 까만 점처럼 보일 것 같았다. 어쩌다가 수인과 알고 지내게 됐을까? 남의 집에 잘 가는 법이 없는데 어쩌자고 수인의 집에 덜컥 놀러 왔을까? 그런 생각들을 했다. 그때 욕실에서 나온 수인이 다가와 다시 나가기 싫다며 개봉하지 않은 새 속옷과 후드 원피스를 내밀었다. 원피스에서는 은은한 데이지 향이 났다. 평소 수인에게서 나던 향이었다. 단아는 잠시 아무것도 할 수 없었다.

"대신, 음식은 알아서 시켜줘."

어색하게 말하고는 옷을 들고 욕실로 들어갔다. 문이 닫히자마자 고개를 숙여 냄새를 다시 맡았다. 그윽한 수인의 체취가 얼굴을 포근히 감싸는 기분이 들었다. 원피스가 수인의 다른 형태처럼 느껴졌다. 수인의 향이 나는 옷을 자신이 입는 게 실감이 나지 않았다. 옷을 선반에 올려두고 속옷 상자를 보았다. 유명 브랜드의 속옷 세트였다. 허리춤에 브랜드 로고가 있고, 소재는 특수 나일론으로 부드럽고 통기성이 좋아 보였다. 베이지색 속옷에 금색 레이스가 마감을 따라 곡선으로 붙어 있었다. 제복을 벗자, 위아래 짝이 맞지 않은 속옷이 보였다. 단아는 사이즈가 몸에 맞지 않아도 최저가 딜이 뜨면 사 입어 왔다. 그래서 브랜드 속옷의 가격대를 알지 못했다. 하지만 수인이 건넨 속옷 한 세트가 자신이 가진 속옷 전부보다 비싸다는 정도는 알았다. 상자 뚜껑을 다시 덮었다. 이걸 자신이 개시해도 되나 걱정하면서 샤워부스로 갔다. 그제야 흰색과 회색 타일이 서로를 의지하며 겹친 헤링본 타일이 보였다. 투박한 정사면체 옥색 ―그마저도 깨진― 타일로 덮여서 각 계절의 온도를 정직하게 견디는 시골집 욕실이 저절로 떠올랐다. 세탁기가 반 이상 차지하는 욕실에서는 조금만 동작이 커도 습기 찬 세탁기에 다리가 닿아서 오소소 소름이 돋았다. 샤워기 물줄기의 온도는 경계 없이 극단을 오갔고, 따뜻한 물이 나올 때까지 욕실화를 신고 발끝으로 물을 흘려보내면서 벗은 채로 덜덜 떨어야 했다.

수인이 사는 곳은 확연히 다른 세상이었다. 난방되는 욕실, 분리된 샤워 부스, 샤워기 헤드에 설치된 아로마 향 비타민 필터도 눈에 띄었다. 슬라이드 문을 열자, 선반에는 고급 호텔에서 쓸 법한 수건이 가득했다. 샤워 공간에 비치된 샤워젤과 샴푸도 대부분 해외 유명 브랜드의 것이었다. 샤워기의 물줄기가 섬세하고 부드러웠다. 물이 빠르게 빠져나가는 배수구를 멍하니 바라봤다. 물줄기가 어디를 향해 가는지 관심도 없으면서 단아는 그 모습을 계속 쳐다보았다.

욕실에서 나오자 진한 피자 냄새가 났다. 단아는 테이블 한쪽에 떨어져 있는 영수증을 보고 절반을 계산해서 바로 송금했다. 얼마 안 되는데 그냥 먹지 뭐하러 돈을 보내냐고 수인이 투덜거렸지만 못 들은 체했다. 수인이 연고를 내밀었다. 단아는 연고를 받아 들며 다리를 비스듬히 비틀었다. 군데군데 자잘한 멍이 보였다.

"아직도 기내 시트 뜯어?"

수인의 물음에 단아는 연고를 바르다 말고 뚜껑을 닫아서 테이블에 소리 나게 내려놨다. 수인은 늘 이런 식이었다. 실컷 베풀고 나서 갑자기 분위기를 깨는 식. 기내에 있는 승객용 의자 시트 안쪽 및 오버헤드 빈* 점검, 구명조끼 씰이 풀렸는지 시트 아래쪽까지 만져보며 확인하는 것은 항공사 소속인 단아 회사의 핵심 업무 중 하나다. 단아는 수인을 만나기 전에 오랜만의 약속이니 수인이 엉뚱하고 답답한 모습을 보이더라도 눈감고 상냥하게 대하자고 다짐했는데, 막상 수인의 속없는 말을 듣자니 신경이 미묘하게 곤두섰다.

"그게 뭐?"

"아니, 그런 걸 꼭 네가 해야 하나 해서. 요즘 세상에 폭발물이 어디 있어."

"그렇게 안일한 태도 때문에 테러가 일어나는 거야. 너네도 은닉하는 사람들 주머니까지 다 꼼꼼하게 보잖아."

"에이, 우린 그래도 가방이고 사람이지. 너흰 그 좁은 비행

---

*   Overhead bin. 여객기 좌석 위 천장에 설치된 짐칸.

기에서 객석 쿠션까지 다 뜯는다면서. 한여름에 뜨거운 엔진 밑에서 보초도 서고. 아유 생각만 해도 고되다. 나도 얼마 전에 검색하다가 총기 발견돼서 놀랐거든? 근데 확인해 보니까 그냥 강아지 간식 주는 장난감 총이었어. 단아야, 우리가 생각하는 그런 심각한 일들은 쉽게 일어나지 않아. 젊을 때 몸 아껴야 하는데……. 너무 무리하지 마."

수인은 경험 없는 일에 대해 무뎠고, 그 사실을 자각하지 않고도 안온하게 살아갈 수 있는 사람이었다. 단아는 수인의 걱정과 우려가 기만으로 들리는 이 상황이 싫었다. 수인은 아무것도 모르니 뭐든 말해도 된다고 믿는 사람 같았다. 의도한 말이 아니었더라도 무의식적으로 표출된 수인의 진심일지도 모른다는 생각이 들었다.

"피클 물 버리고 올게. 방금 내가 했던 말은 그냥 흘려."

수인은 어색한 웃음을 남긴 채 자리를 피했다. 단아는 생각하지 않으려고 해도 1차 보안검색원 면접에서 낙방했던 날이 저절로 떠올랐다.

"고등학교 시절에는 생산직 근무를 하셨고, 부모님 작성란이 비었네요? 기본 회화는요? 성격은……."

업무에 필요한 질문이 아닌 것을 알면서도 성실하게 답했다. 면접 다음 날부터 매일 합격 연락을 기다렸다. 하지만 아무리 기다려도 합격 통보는 오지 않았다. 단아는 합격자 발표 시기가 지난 후에 고용 담당자에게 전화를 걸어보고서야 떨어졌다는 사실을 받아들였다. 수인이 가진 직업이 단아에게는 손잡이 없는 문처럼 느껴졌다. 그 이후 2주 동안 단아는 인천가좌역 근처 화장품 공장에서 로션 뚜껑을 밀봉하는 일용직을 했다. 공장 일은 주급으로 돈이 들어왔고, 점심은 구내식당을 이용하면 무료였다. 50분 일하고 10분씩 쉬며 등받이 없는 둥근 의자에 앉아서 로션 뚜껑을 돌렸다. 옆자리에 앉은 갓 스물이 된 직원은 생산직 파견 회사의 정직원이 되는 것이 올해 자신의 목표라고 말했다.

"정직원이 되면 뭐가 좋은데요?"

"명절에 치약 대신 참치나 햄 통조림 주거든요. 언니도 저랑 여기서 같이 정직원 할래요?"

단아는 파견 회사의 정직원은 언제까지나 본사 계약직인 거라고 말하려다가 참았다. 공장에서 일할 거였으면 할머니 집 근처에도 얼마든지 있었다. 단아는 이미 고등학교 학기 중에 취업해서 대학에 진학하지 않고 3년 넘게 공장 생활을 했다. 공장 기숙사에 있으면 할머니의 앓는 소리를 듣지 않아도 되고, 동생의 해진 운동화나 가방을 보지 않아도 된다는 사실이 그나마 위안이었다. 어떻게 벗어난 시골인데 다시 그곳으로 돌아갈 순 없었다. 저절로 주은의 해맑은 얼굴이 떠올랐다. 공장 기숙사에서 같은 방을 썼던 주은은 퇴사를 말리며 단아를 여러 번 붙잡았다. '언니, 가지 말고 나하고 여기서 지내자.' 그러나 단아는 동요하지 않았다. 오로지 떠날 생각으로 그곳의 시간을 버텼다. 쳇바퀴처럼 단순하게 돌아가는 공장 말고, 24시간 활기가 넘치는 공항에서 일하고 싶었다. 위생복이 아니라 제복을 입고 싶었고, 자란 곳으로부터 최대한 멀어지길 갈망했다. 공장 다니며 번 월급으로 생활비를 보태고 자투리 돈을 모았다. 그렇게 모은 돈 500만 원을 들고 무작정 영종도에 와서 어렵게 원룸을 마련했다. 지금 생각하면 무모했지만, 그때는 그 선택이 마지막 희망이었다. 단아에게 500만 원은 큰 돈이었지만, 집을 구하려고 보니 턱없이 부족한 돈이었다. 게다가 영종도는 섬이라서 가구나 가전을 주문하려면 도서·산간 지역 배송비가 몇만 원이 더 붙었다. 살림이 저절로 조촐해졌다. 단아가 1차 보안검색 면접에서 떨어지고, 화장품 공장에 다니면서 지원해 합격한 곳이 지금의 회사였다. 2차 보안검색은 공항 소속 협력사가 아닌 항공사 소속 파견 회사가 맡아서 했다. 이곳에서는 면접 때 별다른 이력을 요구하지 않았다. 직무도 1차와는 다르다고 했다. 공익보다 사익에 가깝고, 여객기의 안전을 지키는 일이라고 했다. 한참 설명하던 면접

관은 말이 끝나자 잠시 침묵을 지켰다. 그리고 마지막으로 속내를 꿰뚫는 눈빛으로 단아를 보며 말했다.

"단아 씨, 이 일이 보는 것과 다르게 고단할 텐데 할 수 있겠어요?"

도착하고부터 줄곧 해야 할 업무만 줄줄이 설명하던 담당자가 마지막으로 한 질문이었다. 단아에게는 선택지가 없었다. 오히려 보험사 약관 읽어주듯 업무에 대해 미리 말해준 면접자의 태도가 고맙기까지 했다. 할 수 있다는 대답과 동시에 신원조회에 들어갔고 결격사유가 없어 바로 취업이 됐다. 범죄를 저지른 적도 없는데 신원조회 결과가 나오기 전날엔 잠을 설쳤다.

이미 치즈가 굳은 피자를 천천히 씹었다. 수인은 피클이며 소스를 단아 쪽으로 밀어주고, 단아의 유리잔에 콜라가 비는지 계속 신경 썼다. 단아는 그런 수인의 모습을 가만히 지켜봤다. 계속되는 수인의 호의와 그 태도에서 묻어나는 여유가 자꾸만 꺼내고 싶지 않은 과거의 어떤 장면을 건드렸다. 이를테면 살면서 힘든 갈림길에 설 때마다 무의식적으로 떠올리고 마는 엄마의 씁쓸한 미소 같은 것들을. 어린 시절의 단아가 호박 맛 젤리와 쉽게 맞바꿨던 것들을.

"있잖아, 미애 선배 결국 오늘도 안 나왔어."

단아가 감정을 정리할 동안 피클 물을 버리고 돌아온 수인이 화제를 돌렸다. 단아의 침묵으로 분위기가 어색할 뻔했는데 수인의 능청으로 잘 넘겼다. 단아 역시 최대한 아무 일도 없던 것처럼 대꾸했다.

"그 언니 또 위에 불려간 거 아니야?"

"아니, 이번엔 진짜 그만둔 것 같아. SNS 계정도 탈퇴했대. 문자에 답장도 없고."

"계정을 탈퇴하면 무기 계약자들 정규직 전환 운동에 대한 피드도 다 지워지는데? 그 정도면 그냥 다 포기하신 거 아니야? 그 언니, 동료들의 처우 개선이 가장 큰 이슈였잖아."

"그렇긴 해. 미애 선배 본인은 자회사 소속으로 전환되었는데도 계속 목소리를 내긴 했지."

"자회사여도 긴 노동 시간이나 복지는 그대로니까. 본질적인 문제는 끝나지 않는 전쟁이라는 걸 알았겠지. 그 언니, 피드 더 보기에 노동자들의 인권이 서서히 안착할 수 있는 소프트 랜딩을 꿈꾼다고 항상 적어놓잖아."

"아 그래? 단아야, 근데 어떻게 그렇게 잘 알아? 나야 그 SNS를 안 해서 모르지만……."

수인의 말에 단아는 잠시 침묵을 지켰다. 수인은 그동안 미애의 이야기를 곧잘 해왔다. 수인의 소개로 단아도 몇 번 같이 밥을 먹기도 했다. 그 뒤로 단아는 미애의 SNS 피드를 가끔 훔쳐봤다. 그 사실을 미애가 모르게 하려고 단 한 번도 '좋아요'를 누르지는 않았다. 연결하는 게 쉬운 사람. 어디로든 연결되려고 하는 사람. 단아에게 미애는 딱 그런 사람이었다.

'두 사람, 그냥 친구예요?'

단아는 오랫동안 자신의 머릿속을 지배했던 미애의 물음을 떠올렸다. 그 질문은 언젠가 셋이 함께한 이자카야에서 수인이 화장실에 갔을 때 뜬금없이 날아들었다. 시치미를 떼는 듯한 미애의 질문과 장난스러운 눈빛이 거슬렸다. 멋대로 짐작하고, 단정 짓고, 재미있다는 듯 수인과 단아를 번갈아 관망하던 눈빛. 미세하게 휘어지던 한쪽 입꼬리. 단아는 그 질문을 받은 날 이후로 미애가 있는 자리엔 이런저런 핑계를 대면서 만남을 피했다. 미애가 수인과 둘이 만나서 자신에 대해서 무언가 추측할까 봐 매번 불안해하면서도 그랬다. 그래서 몰랐다. 미애가 얼마 전 외국 승객에게 뺨을 맞았다는 것을……. 그 일로 윗선에 여러 차례 불려 다녔고, 여기저기에 부당함을 토로하다가 결국 잠적했다는 것을……. SNS 계정을 탈퇴하고 노조 활동까지 놔버렸다는 것을…….

"잘 알긴, 그 언니 유명하잖아. 저번에 오래 일하던 동료가 정규직 전환 시험에서 탈락했다고 국민 청원까지 올려서 위쪽에 찍혔잖아. 공항에 소문 다 났어. 그건 그렇고, 그러면 팀 인원 부족하겠네?”

“신입 들어왔지. 아, 미애 선배 보고 싶다. 나까지도 회사 사람이었던 건가.”

“당연하지. 회사 사람은 회사 사람일 뿐이야. 아무한테나 정 주지 마. 실속 없이 굴지도 말고, 애초에 버릇을 들이지 마.”

“그러려고. 근데 새로 온 신입은 사회성이 진짜 좋더라. 선배들이랑 흡연실에서 담배도 같이 피고. OJT 족보도 받았다고 좋아하던데? 아휴. 요즘은 쉬는 시간이 없는 기분이야. 미애 선배가 나한테는 쉬는 시간이었나 봐.”

수인은 아무렇지 않게 피클을 오물거리면서 말했다. 단아는 수인의 마지막 말이 유독 신경 쓰였다. 수인이 미애와 친하다는 건 알고 있었지만, 수인의 입에서 보고 싶다거나 쉬는 시간이었다는 말이 흘러나오자 뾰족한 마음이 솟았다. 아무에게나 쉽게 마음을 주고 의지하는 수인이 바보 같기도 했고, 순진한 애 데려다가 의지하게 만들고 말도 없이 잠적한 미애에게 화가 나기도 했다.

“이번 일로 좀 배워. 회사 사람이랑 사적으로 친해질 필요 없어. 네 일이나 잘해!”

단아는 수인의 무딘 반응을 볼 때마다 폭발해버리고 마는 자신이 싫었다. 수인의 어중간한 태도는 단아의 인내를 시험하는 것 같았다. 영문 모를 미소를 짓고 있는 수인의 시선이 느껴졌다. 순간 단아는 자신이 왜 그렇게까지 화를 냈던 건지 혼란스러웠다. 공중에서 눈동자가 잠시 엉겼다. 수인은 천천히 눈동자를 피하며 자기 말만 많이 했다고 너스레를 떨었다.

"단아야, 너희 회사는 뭐 없어?"

수인의 물음에 뭔가 안 좋은 일이 있어야 한다는 뜻인가, 하고 생각했다. 떠오르는 몇 가지가 있었지만, 하나도 말하지 않았다. 수인에게 말한다 해도 퇴사하지 않는 이상 해결되지 않을 것들뿐이었다. 게다가 2차 보안검색 업무는 일반적인 1차 보안검색과 업무 형태가 달랐다. 특정 항공사 여러 업체의 기내 검색이 업무의 큰 비중을 차지했다. 항공편에 따라서 게이트 간의 이동이 잦았다. 스케줄 근무라서 평일에 하루씩 오프를 쓸 수 있었다. 승객용 시트는 물론 기내용 화장실의 휴지통과 베이비케어 데스크까지도 — 형식적으로라도 — 개폐 작업을 해야 했고, 오버헤드 빈에 승객이 두고 내린 짐이나 수상한 물품이 없는지 살폈다. 일을 하다 보니 혼자 결정하기엔 다소 애매한 순간이 많았다. 그냥 넘기면 사수한테 혼나고, 다 물어보다 보면 자존심 상하는 지청구가 따랐다. 그런 건 회사에 놔두고 싶었다. 말한다고 해도 수인은 어차피 이해하지 못할 거였다. 무엇보다 지금 단아가 가장 알고 싶은 건 수인에게 자신은 쉬는 시간 이상인지 아닌지 그런 것뿐이었다.

"별거 없어."

수인은 먹던 피자를 접시에 내려놓았다. 잠시 정적이 방안을 감돌았다. 어항에서는 구피를 비롯한 치어들이 각자의 공간을 맴돌았다. 계속 제자리인 줄도 모른 채, 온몸을 흔들면서 열심히 움직였다.

"근데 저 치어들은 왜 따로 구분해 둔 거야?"

"안 그러면 성어한테 잡아먹히거나 먹이 싸움에서 밀려서 제대로 성장하지 못하거든. 잘 자라라고 분리해 준 거야. 처음에 모르고 그냥 뒀더니 성어들이 치어를 다 잡아먹어서 지금은 유어 때까지 키워서 합사 시켜."

"네가 사료 주는데 왜 치어를 잡아먹어?"

"그것만으로는 채워지지 않아서 그런 것 아닐까?"

채워지지 않는다고 치어를 잡아먹다니. 단아는 그 말이 힘이 없으면 당할 수밖에 없다는 뜻으로 들렸다. 단아는 수인을 쳐다봤다. 수인은 말하다 말고 어항이 있는 방향을 바라보고 있었다. 어항 주변으로 정돈되지 않은 물건이 쌓여 있었다. 단아는 그것들을 보면서 수인이 무슨 생각을 할까 궁금했지만,

묻지는 않았다. 무언가를 잡아먹을 힘이 아니라 무언가에 잡아먹히지 않을 힘을 기를 때까지 분리되는 게 치어의 생존 확률을 높였다. 공격받지 않을 힘. 어쩐지 남일 같지 않았다. 그 와중에도 단아는 수인 앞에서 미애에 대해 과민 반응을 보인 자신에 대한 자괴감을 지울 수 없었다.

수인은 단아를 발견하고 걸음 속도를 늦췄다. 단아가 입고 있는 검정 제복이 멋스러워 보였다. 공항에서 처음으로 단아를 봤던 날이 떠올랐다. 단정하게 빗은 긴 생머리와 곡선으로 휘는 시원한 눈매는 여전했다. 순간 단아와 눈이 마주쳤다. 수인은 단아의 시선을 의식하면서 다시 걸었다. 걷는 방법을 잃어버린 기분이었다. 단아가 보고 있다고 의식하면 어쩐지 걸음이 더 부자연스러워졌다. 의중을 알 수 없는 단아의 시선이 수인에게 머물고 있었다. 혼자만의 세계에 빠져 있을 때만 보이는 쓸쓸함이 은근하게 배인 표정이었다. 수인은 그런 단아의 의미심장한 기색마저도 좋았다. 운서역에 도착했을 때 수인은 조심스럽게 단아를 집에 초대했다. 단아는 방전된 휴대전화를 보더니 못 이기는 척 따라왔다.

수인이 누군가를 집에 초대하는 건 독립 후 처음 있는 일이었다. 함께 집으로 들어선 단아는 무덤덤한 표정으로 집을 둘러보았다. 수인은 일하다가 나온 자신에게서 땀내가 날까 봐 먼저 욕실로 향했다. 단아가 비염 때문에 습관적으로 코를 들이쉰다는 걸 알면서도 단아의 숨소리가 들리면 괜히 위축됐다. 옷을 갈아입는데 문밖에서 단아의 목소리가 들렸다.

"월세 70만 원 내면서 이런 데에 살면 좋아?"

매매나 전세가 아닌 월세로 사는 게 불편하지는 않은지 묻는 것 같기도 했고, 아닌 것도 같았다. 단아 앞에서만큼은 좀 더 생활력 있고 야무져 보이고 싶었다.

"다들 이렇게 살잖아. 처음엔 다들 월세로 시작하지 않아?"

수인은 샤워를 하면서도 단아가 욕실을 사용할지도 모른다고 생각해 어질러진 용품을 종류별로 정돈했다. 수인이 머리를 수건으로 말리며 욕실에서 나왔을 때 단아는 멍하니 어항을 보며 퉁퉁 부은 다리를 주무르고 있었다. 수인은 서랍을 열어 개봉하지 않은 새 속옷과 긴 후드 원피스를 꺼내 내밀었다. 언젠가 단아와 파자마 파티를 하게 된다면 입으려고 미리 사둔 것이었지만 그 말을 덧붙이진 않았다. 단아가 옷을 받아 들고 잠시 머뭇거리다가 씻으러 들어갔다. 수인은 그제야 단아와 단둘이 한집에 함께 있는 게 실감이 났다.

수인이 피자를 주문하고 집을 대충 정리하는 사이, 단아가 씻고 나왔다. 단아에게서 자신이 쓰던 샴푸와 로션 향기가 풍겼다. 얼굴이 화끈거렸다. 다른 생각을 하려고 고개를 돌리는데 단아의 원피스 끝단 아래로 무릎이며 종아리에 자잘한 멍이 보였다. 수인은 자기 다리에 멍이 든 것처럼 근육의 수축을 느꼈다. 연고를 내밀자, 단아는 아무렇지 않은 듯 자신의 희고 긴 다리를 비스듬히 비틀었다. 나뭇가지 같은 혈맥이 보일 정도로 희고 매끄러운 종아리였다. 수인은 단아의 핏줄 근처에 열매처럼 동그랗게 물든 멍을 봤다.

"아직도 기내 시트 뜯어?"

"그게 뭐?"

건조해진 단아의 표정에 수인은 심장이 덜컥 내려앉았다.

"요즘 세상에 폭발물이 어디 있다고."

수인이 대수롭지 않게 넘어가려고 했지만, 단아의 얼굴엔 착잡한 심경이 그대로 드러났다. 멈추란 신호란 걸 알지만 그럴 수 없었다. 브레이크가 고장 난 자동차처럼 남은 건 충돌뿐이라는 걸 모르지 않는데도 그랬다. 단아가 그저 안전한 일을 하면 좋겠다는 마음에서 걱정스레 건넨 말이었다. 수인은 단아의 심기를 거스를 생각은 조금도 없었지만, 결과적으로 그렇게 됐다. 단아가 갑자기 집에 가겠다고 나설까 봐 두려웠다.

수인은 피클 물을 핑계로 일어나 개수대로 향했다. 시큼한 피클 냄새가 올라왔다. 고개를 돌려 생각에 잠긴 단아를 보다가 피클을 모두 쏟을 뻔했다. 수인은 항상 이 정도 거리를 유지해야 한다고, 적당한 거리에서 옆모습을 보는 것만으로 만족해야 한다고, 더 다가갔다가는 그동안 쌓아 올린 관계도 한순간에 물거품이 되어버릴 거라고 주문처럼 되뇌었다. 다른 주제로 환기가 필요한 순간이었다. 수인은 미애가 떠올랐다. 수인이 미애를 언급하자 단아가 대꾸했다.

"회사 사람은 회사 사람일 뿐이야. 아무한테나 정 주지 마. 실속 없이 굴지도 말고, 애초에 버릇을 들이지 마."

단아가 흥분해서 편을 들어주니 뭔가 특별한 사람이 된 것 같았다. 우리 사이가 매우 가깝다고 여기니까 이렇게 관여하는 것 아닐까? 수인은 얼굴에 화색이 도는 걸 들키고 싶지 않아서 다시 화두를 돌렸다.

"단아야, 너희 회사는 뭐 없어?"

기대하는 눈으로 단아를 봤지만, 심드렁한 대답이 돌아왔다. 수인은 매사에 평정을 잃지 않고 담담한 단아가 독립적이고 어른스럽다고 생각했다. 단아가 통제라는 세포로 이루어진 물질처럼 느껴진 적도 있었다. 뭔가 힘들어 보이는데, 마음에 꽉 담아둔 채 쉽게 비우지 않는 그 균형이 탐났다.

수인이 영종도에 온 건 단순한 도피였다. 왜 그렇게 섬에 가고 싶었는지 설명할 수 없는 여러 밤을 보냈고, 유일하게 살아볼까 생각한 곳이 영종도였다. 부모님의 반대가 심했지만, 서울에서 더 지내다가는 숨이 막혀서 어떤 방식으로든 잘 못될 것 같았다. 부모님은 수인에 대한 걱정으로 5년 전 투자해 놓은 하와이의 리조트가 완공되었음에도 계속 여행을 미루고 있었다. 수인은 그럴 때마다 자괴감에 휩싸였다. 몇 년 전이었더라면 당연하게 받아들였을지 모를 일이었다. 그러나 입양 사실을 알게 된 이후 모든 게 바뀌었다.

진실을 알게 된 이상 마음까지 그대로일 수 없었다. 살면서 뭔가 이상하다고 느낀 적이 없었다면 거짓말이었다. 입양 서류를 발견하고나서야, 수인은 더 이상 자신이 친자식이라고 우길 수 없음을 깨달았다. 수인은 부모님과 명백히 남이었다. 참을 수 없는 거리감이 생겨났다. 키워준 고마움과는 별개의 감정이었다. 부모님은 여전히 수인에게 아무것도 바라지 않았다. 진실한 사랑을 퍼부어도 있는 그대로의 진심을 받지 못하는 자신이 문제인 것 같았다. 학창 시절에도 친구들과 갈등이 생기면 부모님은 친구들에게 직접 연락하여 당신들이 해결하려고 나섰다. 그럴수록 학교생활은 엉망이 됐다. 고민은 부모님께 말할 수 없는 것이 되었고, 중학교 때 떠밀리듯 전학한 이후부터 수인은 남에게 속을 들키지 않으려 더 밝은 가면을 썼다.

전학 후에도 마음을 터놓고 지낼 친구를 만들기가 쉽지 않았다. 사람 간의 거리를 좁히기 위해 노력하다 보면 도리어 관계의 끝을 향해 달려가는 기분에 사로잡혔다. 애초에 관계를 안 만들면 된다고 쉽게 생각하다가도, 혼자는 또 싫었다. 쉼 없이 떠오르는 기억이 현재를 해쳤다. 부정하고 또 부정하는 일. 그것은 동성을 사랑하는 자신을 대하는 사람들의 태도이기도 했고, 그런 사람들에 대한 수인의 태도이기도 했다. 그러던 어느 날 수인은 영종도에서 한 번쯤 살아보고 싶다는 막연한 희망이 생겼다. 지체하고 싶지 않았다. 성적에 맞춰서 들어간 대학교를 한 학기 만에 자퇴하고 이듬해 전문대 항공보안학과로 새로 입학했다. 그 과정에서 엄마와 두세 번 침묵기가 있었지만, 수인이 무언가를 먼저 요청한 게 처음이라 생각보다 빨리 받아들여졌다. 섬 같지만 섬은 아닌 곳. 언제든 마음만 먹으면 어디로든 떠날 수 있는 곳. 공항이라면 좀 자유로울까? 다양한 사람들 속에 있으면 나 같은 사람들도 아무렇지 않게 받아들여질 수 있지 않을까? 수인은 모든 인간관계에서 적당한 균형을 유지하고 싶었다. 그런 점에서 단아는 과거를 설명하지 않고도 현재의 일상만으로도 충분히 관계를 이어갈 수 있는 사람이었다. 수인은 단아도 자신처럼 영종도에 아는 사람이 없다는 사실이 기뻤다.

어느새 중지 손톱과 젤네일의 틈새가 더 벌어졌다. 그렇게 단아와 한동안 말없이 피자를 먹었다. 수인은 말없이 편하게 있을 누군가 있다는 게, 그 사람이 단아라는 게 그저 평화로 웠다.

◆ ◆ ◆

보름이 지났다. 업무 채팅방에 카톡이 쌓였다. 문제의 유튜 브 영상의 조회 수가 100만 뷰를 넘었다. 동기인 주호는 퇴사 하면서 팀원 채팅방에 동영상 링크를 남기고 채팅방을 나갔 다. 〈대한민국 보안검색의 현주소〉라는 거창한 이름의 영상 화면을 재빨리 클릭했다. 실시간으로 '좋아요'와 '공유' 수가 늘어나고 있었다. 그렇게 그 영상은 급격히 수인의 삶 속으로 들어와 파문을 일으켰다. 1분 20초부터 심하게 흔들리기 시 작한 영상에는 주호의 촉수 검사에 이어 수인과 민석의 개봉 검색 장면이 담겨 있었다. 나름 모자이크를 한다고 픽셀을 흐 렸지만, 화면 흔들림이 심해서 한 번씩 수인의 얼굴이 그대로 노출되었다. 보안검색원의 태도 지적이나, 말투에 대한 비난 섞인 웃음이 자막으로 나왔다. 이 영상의 제작자인 '베니'라는 유튜버는 면세점 입구에서 작은 지퍼백을 바지 주머니에서 꺼내 들었다. 지나가던 외국인 남성이 그의 카메라 렌즈를 유심히 쳐다보았다.

[여러분 안녕하세요. 여러분이 궁금한 것을 대신 알아봐 드리는 베니입니다. 여러분, 오늘 방송 공개되면 저 범법자 되는 거예요. 아시죠? 저 목숨 걸고 방송하는 겁니다. 기대하세요! (광고) 짠~! 이게 뭔지 아십니까? 놀라지 마십시오. (귓속말) 이것은 마약입니다. (하얀색 'ㅋ'으로 도배된 검은 화면 끝에 과장된 웃음소리) 아니요, 마약일 수도 있었습니다. 하지만 여러분이 영상에서 보신 것처럼 누군가 의심을 하던가요? 국가의 대문을 지키는 보안검색 요원들이 이렇게 허술해도 되는 겁니까? 그렇다면 얼마나 많은 밀수업자가 이런 식으로 마약을 가지고 이곳을 지났을까요? 검색대에서조차 발견하지 못하면 국내외 유통되는 건 삽시간이에요! 그니까 이게 엄청난 겁니다. 자, 말하는 순간 두 번째로 출국 검사를 마친 동료 헤니가 오네요. 이번에는 설탕이었는데 저와 똑같이…….]

베니의 동영상 아래에는 신원조회 들어간다며 웃고 떠드는 글로 가득했다. 수인은 웃을 수 없었다. 수인의 삶에서 테러나 다름 없는 일이 일어났다. 목적을 가진 집단이 불법적으로 행하는 것은 범죄다. 그 집단의 유튜브 시청자가 몇십만 명이라면, 수인은 분명한 피해자이고 이 모든 건 단연 테러다. 수인은 다리가 떨려왔다. 갑작스러운 화제의 구성원이 되어서 직업을 비난받고 도덕성의 잣대에 오르내릴 줄은 상상조차 하지 못했다. 심장이 저렸다. 수인은 편두통에 머리를 싸매며 휴게실 의자에 구겨져 앉았다. 그러는 와중에도 해당 동영상은 물에 떨어진 잉크처럼 세상 곳곳으로 퍼져 나갔다.

"이런 일이 처음이겠니?"

출국장에 들어서자, 조장 민석이 검색대용 원형 의자에 걸터앉아 다리를 흔들거리면서 덤덤하게 말했다. 출국장 내부 촬영이 불법이라는 사실은 이미 영상으로 문제화된 사실에 비하면 더 가벼운 문제로 치부됐다. 20만 유튜버 베니에게 몰래카메라 범칙금은 솜방망이나 다름없었다. 오히려 불법이라는 점에서 조회수가 폭발했을지 몰랐다. 이 일은 결과적으로 수인의 팀 전부를 순식간에 해체시켰다. 베니를 촉수 검사했던 주호의 퇴사를 시작으로 수인과 민석도 승객을 상대하지 않는 수하물 위탁 팀으로 옮겨질 예정이었다.

한동안 잠잠했던 수인의 불안 증세가 재발했다. 이제는 과거를 묻어두고 약 없이도 회복이 가능하다고 자신했는데, 수인은 경도의 자극에도 쉽게 무너지고 있었다. 괴로울 걸 알면서도 문제의 영상을 여러 번 돌려봤다. 베니가 구독자와 함께 장난감 총을 구매하는 녹화 영상이 알고리즘을 따라서 추천 영상에 떴다. 영상의 존재를 알고부터 쉬는 시간마다 그 영상의 댓글을 봤다. 모르는 사람들이 하는 말이지만, 수인은 조금이라도 자신과 연결된 댓글을 보면 신경이 곤두섰다.

[손톱 보는 거 봤음? 소름. 평소에 어떻게 일하는지 딱 각이 나옴.]

[여기 손톱 보는 검색원 나랑 초등학교 동창임. 애들이 노부모랑 산다고 놀리니까 반에 피자 돌림. 부모였는데 조부모라고 거짓말하다 걸려서 또 반에 뭐 돌렸음. 근데 중학교 때 들린 소문으로는……. 더 보기]

표현할 방법 없는 순간들이 누적되어 턱 끝까지 치밀었다. 지하철에서도, 버스에서도, 침대에서도, 화장실 좌변기에 앉아서도 무리의 비웃음 소리가 수시로 따라붙는 것 같았다. 침조차 편하게 삼키기가 어려웠다. 잠재워 둔 과거의 기억들이 모양을 달리하며 머릿속을 헤집었다. 잊고 있던 이름이 떠올랐다.

박재성. 중학생 시절 처음 사귄 남자 친구의 이름이었다. 화이트데이에 학교에서 공개적으로 고백받았다. 농구하는 모습이 사뭇 진지하던 재성. 그는 구령대에 있는 수인을 발견하면 시합을 급히 마무리하고 수인에게 달려왔다. 밤새 별일 아닌 얘기로 통화하고, 다음 날 수업 시간에 같이 졸다가 사물함 앞에서 벌을 서기도 하고, 네이트온 쪽지로 인생의 해결책 없는 고민을 맥락 없이 나누기도 했다. 처음엔 반 분위기에 휩쓸려서 얼떨결에 사귀었지만, 수인은 재성이 점점 좋아졌다. 문제는 수인이 재성을 사귄 지 일 년이 지나서야 우연히 알게 된 성 정체성이었다. 이 사실로 인해 재성과의 관계도 서서히 꼬였다. 자신이 좋아하는 대상이 동성일 수도 있다는 생각에 수인은 혼란스러웠다. 재성을 대하는 수인의 행동도 점점 부자연스러워졌다. 만날 때마다 정신이 다른 데에 팔려있는 수인의 모습에 재성도 당황스러워했다. 그럴수록 수인은 죄책의 늪에 빠졌다. 재성은 자신이 실수한 게 있으면 알려달라고 했지만, 재성의 잘못이 아니었기에 아무 말도 할 수 없었다. 수인은 자신의 내부에서 일어나고 있는 일들을 따라가는 것만으로도 벅찼다. 누구에게도 말할 수 없는 감정이 자꾸만 몸 안에서 증식했다. 재성도 서서히 지치는 것 같았다. 어느 순간부턴가 둘은 점점 남보다 못한 사이가 되었다. 재성은 농구를 하다가 수인을 발견해도 친구들에게 한 판 더하자며 수인을 못 본 체 했다. 왜 전화를 받지 않았냐고 추궁하면 잤다고 핑계 대는 날이 많아졌다. 끝나고 뭐 하냐는 가벼운 질문에도 재성은 간섭 좀 하지 말라고 성질을 냈다. 평소 수인이 좋아했던 재성의 부리부리한 눈썹이 더 진하고 고집스러워 보였다. 당시 수인은 친구들하고도 사이가 소원해져 혼자 다니던 때였다. 수인은 은재 문제가 아니더라도 재성과 헤어져야 한다고 생각했다. 학교 안의 공기가 달라졌다. 꽉 막힌 듯 답답한 날이 이어졌다. 어느 날 수인은 자신에 대한 소문을 들었다.

"야, 그 얘기 들었냐? 이수인 걔 여자 좋아한대."

"농구부 남자애랑 사귀지 않아? 작년에 공개적으로 고백받았잖아."

"그러니까 더 나쁘지. 양손에 사람 쥐고 흔드는 거잖아. 은재를 방심하게 하려고 농구부 걔 이용한 거 아니냐고. 은재도 소름 돋겠다."

"그러게. 친구로만 생각한 애가 자길 진지하게 좋아한다고 하면 윽! 막말로 갑자기 내가 너 좋아한다고 생각해 봐. 어이없지 않겠어?"

"야, 에바야. 빨리 취소해."

"알았어. 취소, 취소."

화장실 밖으로 나가야 하는 데 다리가 움직이지 않았다. 수인은 퀴퀴한 냄새가 가득한 곳에서 발이 얼어붙었다. 어디에서 시작된 소문인지 알 수 없었다. 그때까지만 해도 수인은 이 소문이 은재의 귀에 들어가지 않기만을 바랄 뿐이었다. 이상 증세가 나타난 건 그 후부터였다. 수인은 길을 걷다가 뒤에서 웃는 소리만 들려도 다리가 떨리고 호흡이 가빠졌다. 모든 시선이 자신을 향하는 것처럼 느껴졌다. 말수가 줄었고, 친하게 지냈던 은재와 사이도 서먹해졌다. 어쩌다 건네는 은재의 '안녕'이라는 인사가, 우리 사이는 여기까지라고 공개적으로 선을 긋는 의식 같았다. 수인이 수업을 빼먹고, 툭하면 조퇴를 하자 학교 상담실에서는 며칠에 한 번씩 수인에게 비슷한 내용의 질문이 담긴 설문지를 내밀었다.

"우울척도 검사 결과 수인이가 또래 학생들보다 불안이 높아요. 사소한 일도 남들에 비해서 크게 느끼거나 민감하게 반응할 수도 있고요. 정서적으로 안정이……."

엄마는 그때마다 울먹이는 표정이 되었다. 아빠는 우리가 더 잘해주자며 엄마의 손을 꼭 잡았고, 수인은 매번 되풀이되는 그 풍경을 복도에서 지켜보다 반으로 돌아갔다. 이상한 소문은 걷잡을 수 없이 번졌다. 수인이 근처에 사는 여중생과 동거를 한다는 이야기부터 가출해서 원조교제를 한다는 이야기까지 소문은 눈덩이처럼 커졌다. 수인은 그 시기에 이루어진 도덕 시간 찬반 토론 이후에 전학을 결심했다. 더는 그곳에 있을 이유가 없다고 생각해서였다.

부모님 또한 이사를 원했다. 결국 수인은 아는 사람 하나 없는 곳에서 고등학교 생활을 시작했다. 그럼에도 한동안 사람 많은 곳에 가면 누군가가 이유 없이 자신을 험담하거나 벼랑으로 몰아붙이는 장면이 절로 연상됐다. 뉴스에서 흘러나오는 모든 사건에 미세한 통증이 일었다. 이후로도 내내 수인은 사람을 믿는 게 어려웠다. 다만 익숙한 패턴으로 반복되는 일상을 어떻게든 탈출하고 싶을 뿐이었다. 그리고 실제로 영종도에 와서 한동안은 과거로부터 탈출했다고 믿었다. 하지만 수인은 자신이 여전히 작은 스트레스도 감당하지 못하며, 나약하지만 안전하게 고여 있는 것만이 최선인 삶을 살고 있다는 걸 실감했다. 어쩐지 스스로 포기하지 않으면 이 지독한 패턴은 평생 되풀이될 것 같았다. 그냥 말없이 다정하던 단아의 표정이 그리웠다.

그때, 전화 수신 화면에 단아의 이름이 떴다. 순간 마음속에 동여맨 체인이 허술하게 풀리며 주체할 수 없이 설움이 밀려왔다.

"수인아, 영상 봤어. 너…… 괜찮은 거야?"

들려오는 단아의 목소리가 따뜻하다 못해 뜨거웠다. 단아에게 자신의 마음을 조금이라도 드러내고 싶었다. 하지만 진심을 드러냈다가 단아까지 등 돌리면 이번에는 회복할 수 없을 만큼 무너질 것 같았다. 덜컥 겁이 났다. 너무 간절히 바라면 오히려 원치 않는 결과를 가져온다는 것을 안다. 그래서 수인은 마음을 삼키고 또 삼켰다. 어쩌면 지금 일어나는 모든 일들이 단아에 대한 마음을 강제로 멈추게 하려는 하늘의 계략일지 모른다는 생각마저 들었다. 그러나 그 계략은 성공적이지 못했다. 수인이 가까스로 외면했던 감정까지 열어버리고 말았으니까.

조원 중 한 명이 단아에게 영상을 보냈다. 네 친구 아니냐는 말에 단아는 단번에 수인을 떠올렸다. 받은 링크를 타고 들어갔다. 해당 영상 조회 수가 100만 뷰를 넘었다. 수인의 모습을 찾기 위해 영상 화면을 확대했다. 옅게 모자이크 처리가 되어 있었지만, 수인을 쉽게 알아볼 수 있었다. 영상 속에서 수인의 모습이 보이자, 심장이 불편하게 요동치기 시작했다. 자신을 베니라고 소개하는 유튜버는 면세점 입구에서 작은 지퍼백을 바지 주머니에서 꺼내 들었다.

"어휴. 또 이런 일이."

뒤에서 영상을 같이 내려보던 조장이 불쑥 말했다. 조장은 수년 전 1차 보안검색원을 하다가 퇴사 후 2차 보안검색원으로 취직했다. 1차, 2차 보안검색 업무를 모두 경험했지만 둘 다 적성에 안 맞는다는 말을 달고 살았다.

"선배. 이거 불법 촬영 아니에요?"

조장은 대답 대신 길게 숨을 내쉬고 단아의 어깨를 두드렸다. 조장의 손이 닿자 그제야 단아는 자신이 떨고 있다는 걸 알았다. 곧바로 수인에게 전화를 걸었다. 긴 통화음 끝에 수인과 연결되었다. 흔들리는 목소리를 듣자, 겁에 질린 수인의 표정이 바로 떠올랐다. 괜찮냐고 물었는데 대답 대신 희미한 흐느낌이 한참 이어졌다. 때 묻지 않은 아이처럼 항상 밝기만 하던 수인의 울먹임에 단아의 심장이 덜컥 내려앉았다. 더 이상의 대화가 어려워 일단 오후에 카페에서 보기로 하고 전화를 끊었다.

그날 오후 단아는 카페에 먼저 도착해서 문제의 영상을 재생했다. 유튜버 베니의 〈유명 프랜차이즈 카페의 실태〉 영상이 알고리즘을 따라 추천 영상에 떴다. 보안검색 영상의 댓글을 보면 욕하는 이유도 가지각색이었다. 손톱을 본다고, 업무 태만이라고, 영혼 없는 태도라고……. 사람들은 댓글로 보안요원들을 깎아내리기에 바빴지만, 단아는 끝도 없이 늘어선 대기열이 먼저 눈에 들어왔다. 영상 속 수인이 이 순간에도 그곳에서 일하고 있는 것 같아 속상하고 안쓰러웠다.

출입구 문에 달린 풍경 소리가 났다. 단아는 눈으로 자신을 찾는 수인을 향해 살짝 손을 들었다. 미리 앱으로 주문한 음료를 받아 허둥지둥 자리로 오는 수인을 단아는 천천히 바라봤다. 수인은 가방을 놓고 자리를 정돈하더니 딸기라떼를 빨대로 휘휘 저었다.

"이 사람…… 기억은 나고?"

"응. 미애 선배 사건 있던 날 오후에 왔던 승객이야. 얼마 전에 내가 장난감 총이 발견된 적 있다고 했잖아. 나는 이 사람이 유튜버인 줄도 몰랐어. 그날 미애 선배가 기내용 캐리어 판독하다가 신호를 줘서 나랑 조장이랑 개봉 검색했거든. 근데 장난감 총이었어. 그 남자가 강아지 간식 주는 장난감이라고 하길래 알겠다고 했지. 그러고나서 그 가방 지퍼를 닫다가 내 장갑이 찢어지는 바람에 손톱이 아파서 진짜 몇 초? 잠깐 피가 나는지만 확인한 거야. 승객을 앞에 세워두고 네일을 구경했던 건 진짜 아니야. 촉수 검사도 그래. 완전히 밀착해서 만지면 동성이라도 성희롱이라고 불쾌하다는 민원이 들어오니까 최소한만 하는 건데, 업무 태만이라니, 실태라니."

"당연히 그랬겠지. 근데 이상한 거 못 느꼈어?"

"이상한 사람이 한둘이어야지. 히죽거리는 건 기분 나쁘긴 했는데 그냥 원래 그런 사람인가 보다 생각했어."

"이제 어쩌려고?"

"갑자기 이런 식으로 휘말리니까 좀 회의감이 들기도 하고……. 이제 업무에 익숙해졌는데 그만두기는 좀 아깝기도 하고. 부모님도 연금으로 노후 생활하시는데 나까지 짐이 되고 싶진 않거든. 물론 월급이 없이도 몇 달은 버틸 수 있지. 근데 이대로 나가기는 뭔가 억울해. 어떻게 한 독립인데…….”

단아는 수인을 가만히 지켜봤다. 어떤 위로가 도움이 될까. 오히려 서툰 위로를 하면 수인이 일을 그만두는 데에 촉매제가 되진 않을까 염려스러웠다. 며칠 전으로 돌아가면 지금의 일상을 예측이나 할 수 있을까. 수인은 이런 일로 직업윤리를 심판받는 게 정당하냐며 흥분했다. 단아는 이 와중에도 월급 없이도 몇 달은 문제가 없다는 말이 계속 신경 쓰였다. 그 몇 달 후에는 과연 수인과 어떻게 될까……. 수인이 떠난다고 하면 무슨 수로 수인을 붙잡을 수 있을까. 어쩌다가 짧은 시간에 이토록 가까워져 버린 걸까. 단아는 수인의 말에 최선을 다해서 동조했지만, 머릿속으로는 수인이 영종도를 영영 떠나는 상황을 시뮬레이션했다. 최악을 생각하면 차악은 받아들이기 쉬웠다. 그간의 설명하지 못할 밤들과 오르내리던 감정이 일시적으로 스치면서 원인을 알 수 없는 허무함이 밀려왔다. 눈물이 나오려는 걸 간신히 참았다. 단아는 수인이 마시다가 만 음료만 빤히 보았다. 거의 마시지 않은 딸기라떼가 딸기와 우유, 물로 층이 나뉘어 있었다. 단아는 마음이 착잡해졌다. 섞이지 못한 딸기라떼가 어쩐지 자신의 인생과 닮은 것 같았다. 좋아하는 것은 항상 마지막에 가라앉아 있는 그 모습이.

그날 저녁 단아는 수인에게 저녁을 먹고 들어가자고 했다. 수인을 그냥 보내기엔 다소 위태로워 보였다. 횟집에서 단아는 수인이 과음하는 것을 처음으로 봤다.

"단아야, 난 있잖아. 자꾸만 내가 친자식인 줄 알았던 때를 떠올리게 돼. 그땐 귀하게 얻은 늦둥이니까 부모님이 나를 오냐오냐하는 게 당연하다고 생각했어. 심지어 나이 든 부모님이 창피해서 친구들에게 조부모라고 속인 적도 있어."

"마음 불편했겠네."

"그랬지. 근데 세상에 비밀은 없더라. 언젠가 백화점에서 친구네 가족을 만났는데, 엄마가 먼저 그 사람들한테 손녀 옷 사러 나왔다고 말하는 거야. 그날 집에 와서 말없이 흐르던 저녁 시간이 좀 힘들 뿐이었어. 그냥 어린 시절의 헤프닝이라고 생각했는데, 내가 입양아라는 사실을 알고 나서는 그 장면이 자꾸만 다르게 다가오더라."

"어떻게?"

"그날 엄마가 어떤 심경으로 나를 손녀라고 말했을까. 내 악행을 언제부터 알고 있었을까. 내가 친자식이었어도 가만히 뒀을까? 그냥 그런 최악의 생각들이 끝없이 이어지는 게 무섭더라고. 키워준 은혜도 모른다고 할까 봐. 아휴, 나 이런 말 하는 거 단아 네가 처음이야."

　수인의 손에 들린 술잔에 술이 넘실거렸다. 단아는 수인의 사연을 듣자마자 부담스러움과 측은함을 동시에 느꼈다. 처음이라는 말의 무게와 책임이 고스란히 전해졌다. 해맑아 보이는 수인에게 그런 과거가 있을 거라고는 상상도 못했다. 단아는 과거로 침잠하는 수인을 현실로 빼내 오기 위해서 자신의 속마음을 순간적으로 발설할 뻔했다. 혼자만 끌어안고 짊어져 온 과거를 유일하게 말해도 되는 사람이 있다면 그건 바로 수인이 아닐까 싶기도 했다. 그러나 자신의 속사정을 입에 올리는 순간, 단아 또한 그 당시로 고스란히 끌려가 타격을 입을 것이 뻔했다. 단아는 수인의 이야기에 집중하려고 미간을 좁히며 잡념을 떨쳤다.

　"그랬구나. 말할 곳이 없어서 힘들었겠다."

　단아는 취기가 오른 수인을 바라보다가 수인의 잔을 빼앗아 대신 마셨다. 애잔한 눈빛을 들킬지 모른다는 생각에 두 눈을 꼭 감은 채 소주를 삼켰다. 눈을 감아도 홍조가 올라 양 볼이 빨개진 수인이 눈앞에 선명하게 보이는 것 같았다. 눈가를 손으로 쓸며 눈물을 닦아주고 싶었고, 엄지손가락으로 눈썹을 결대로 살며시 어루만지고 싶었다. 현실적으로는 절대로 그럴 수 없기에 조금 울고 싶었다. 눈을 뜨자마자 둘의 시선이 엉켰다. 단아는 자신을 바라보는 수인의 눈빛이 떨리는 것을 보았다. 곧이어 수인의 귓불이 빨개졌다. 단아의 눈엔 수인이 울기 직전의 어린아이처럼 보였다. 단아는 순간적으로 세상의 시선 따윈 신경 쓰지 않고 싶다는 생각이 들었다. 그리고 그 생각에 도달했을 때 문득 엄마가 떠올랐다. 엄마는 그 사람과 만나면서 이런 순간들을 얼마나 숱하게 겪었을까.

횟집에서 계산은 단아가 했다. 술값이 횟값만큼 나왔다. 이 와중에도 거품 낀 술값이 거슬리는 자신이 싫었다. 몸을 잘 가누지 못하는 수인을 부축하여 오피스텔로 왔다. 수인의 팔은 말랑해서 힘주면 부러질 것 같았다. 단아가 1층 승강기 단추를 눌렀을 때 수인이 단아를 와락 끌어안았다. 순간 단아의 뺨에 수인의 부드럽고 말랑한 볼이 닿았다. 갑작스럽게 전해지는 온기에 단아는 시간이 정지된 듯 아무것도 할 수 없었다. 수인의 머리카락에서 옅은 알코올 냄새와 함께 풀꽃 향기가 났다.

"단아야, 고백한 김에 또 고백할 게 있는데…… . 나는 네가 생각하는 것보다, 네가 정말 좋은가 봐. 아니 사실은…… . 아, 어지러워."

수인이 몸에 힘을 빼고 단아에게 기댔다. 수인의 혀 꼬인 소리를 듣자마자 심장이 금방이라도 내려앉을 것처럼 요동쳤다. 수많은 경우의 수를 떠올렸으나 그 끝은 계속 한 가지로 귀결됐다. 미래까지 고려할 여력이 없었다. 수인의 감정을 정확히 해두고 싶었다. 그간 자신이 느껴왔던 모호한 감정과 같은 마음인지 확인하고 싶었다. 그동안 애써 모른 척했던, 수인이 미처 숨기지 못한 눈빛이나 행동의 이유를 확인한다면, 비로소 새로운 관계로 도약할 수도 있지 않을까 궁금했다. 그렇게 된다면 애매한 관계 때문에 생겨나는 모진 마음도 사라질 것 같았다. 더 이상 수인에게 사소한 것들로 차갑게 대하지 않을지도 몰랐다. 웅크린 수인의 몸이 미세하게 떨리고 있었다. 아니, 떨리는 게 본인의 손인지 수인의 등인지 혼란스러웠다. 단아의 손끝이 떨렸다. 단아는 수인의 등을 토닥이다가 그동안 여러 번 삼켜왔던 그 질문을 하고야 말았다.

"친구로?"

단아의 말이 끝나자, 수인은 힘을 주어 몸을 일으키더니 슬며시 한쪽 발을 뒤로 뺐다. 단아를 바라보는 눈빛이 아련했다. 상기된 얼굴을 마주 보자 단아는 목이 메었다. 잠시의 침묵 끝에 수인이 빙긋 미소를 지었다. 수인의 속눈썹에 눈물이 살짝 고여 있었다.

"그, 그럼 당연하지. 우리는 친구잖아. 베스트 프렌드!"

수인은 한껏 격양된 목소리로 말하며 희미하게 웃었다.

"그렇구나. 그랬구나. 그런 거였구나."

단아는 말끝을 삼키고 수인을 승강기에 태웠다. 수인은 문이 닫힐 때까지 버튼을 누르지 않고 단아를 멍하니 보았다. 단아 역시 문이 닫힐 때까지 아무 말도 하지 않았다. 승강기 문이 닫혔다. 수인이 자신을 친구라는 범주 안에 가둔 것 같았다. 고백은 수인이 했는데 단아는 자신이 차인 기분을 느꼈다. 오늘 단아는 수인의 과거 이야기를 들은 탓에 평소답지 않게 자신의 마음을 과하게 드러냈다. 그러나 감정을 내보이는 건 어리석은 일이었고, 단아는 감정을 쉽게 드러내며 살아도 되는 수인과는 애초에 갈 길이 달랐다. 단아는 발길을 돌렸지만 걸어 나갈 수 없었다. 오피스텔 공동 현관문만 나서면 되는데 유리문 밖의 어둠이 아득하게 느껴졌다. 번진 로비 조명이 금빛 타일에 반사됐다. 빛의 모서리가 따갑게 느껴졌다. 오피스텔 안으로 들어갈 수도 없고, 오피스텔 밖으로 나갈 수도 없어서 잠시 주저앉았다. 얼마나 지났을까. 뒤에서 승강기가 열리는 소리가 들렸다. 단아가 고개를 돌리자, 승강기 안에 서 있는 수인이 보였다. 눈물에 젖은 수인은 아이처럼 어깨를 떨고 있었다. 짝이 맞지 않은 슬리퍼 차림이었다.

한옥식으로 개조한 오래된 목조 주택을 본 건 그날이 처음이었다.
한옥의 불편함은 현대식 편의시설로 바꾸고 한옥의 멋은 그대로 살린 집. 태양열로 에너지를 얻는 집. 화려하진 않지만, 노란빛이 은은하게 고인 아늑한 집. 은재네 집이 그랬다. 은재네 부모님은 맞벌이라서 거의 집에 없었다. 수인은 학교가 끝나면 가끔 학원을 땡땡이치고 은재네 집을 아지트 삼아서 놀았다. 은재는 적당히 꾸미길 좋아하면서도 성적은 항상 상위권을 유지했다. 친구를 사귈 때도 자신보다 공부를 잘한 친구들만 사귀었지만, 수인은 예외였다. 학년을 거듭하며 은재와 계속 반이 겹쳤다. 은재의 옆에 수인이 있는 건 당연한 거였고, 은재는 수인을 포함해 네 명을 꼭 만들어서 같이 다녔다. 그중에서 눈에 들지 못하는 애가 생기면 은재는 그 애를 빼고 네 명을 채울 다른 멤버를 물색했다. 수인은 은재가 적어도 자신에게는 판단의 잣대 없이 가장 친한 친구 자리를 내준다는 사실에 우쭐한 마음이 들기도 했고, 어느 날은 그런 은재에게 밉게 보일까 봐 두렵기도 했다. 은재와 주기적으로 스티커 사진을 찍으면서, 은재의 부재를 수인에게 묻는 사람들이 생겼다. 오래 친구로 지내서 서로에 대해 잘 알 법도 한데 은재는 예측 불가였다. 은재의 모든 건 애매하고 은밀했다. 뭔가를 작정해도 항상 본인은 빠져나갈 다른 출구를 만들어놓고 움직였다. 누군가와 소원해질 때도 서서히 멀어졌고 친해질 때도 서서히 가까워졌다. 은재는 필기구는 계속 새로운 것으로 바꿨지만, 필통은 낡아도 그것이 아니면 안 된다고 고집했다. 한옥이긴 하지만 현대식 편의시설을 모두 누리는 은재네 집처럼 은재 또한 원하는 것만 골라서 했다.

은재네 집 거실은 서재로 꾸며져 있었고 티브이는 안방에 있었다. 은재의 부모님은 티브이 시청이 학업에 방해된다는 이유로 철저하게 안방 출입을 금했는데 그 바람에 은재는 부모님이 없는 거의 모든 시간을 안방에서 보냈다. 수인이 처음 은재네를 갔던 그날도 예외는 아니었다. 시간이 한참 흐른 뒤에 수인은 그날 그곳에 가지 않았더라면 어떤 삶을 살았을까 종종 마음속으로 스스로에게 되물었다.

"수인아, 여기 앉아."

"안방 침대인데 밖에서 입던 옷 입고 올라가도 되나?"

"뭐 어때? 내가 티 안 나게 정리할 거니까 걱정 말고 올라와. 위에 천 깔았고 잠시 있다가 나가는 거야. 이러면 모르더라. 엄마 아빠 둘 다 진짜 무신경해. 속이기 쉬워."

침대 헤드에 기대고 앉은 은재는 흰 티에 교복 치마를 입고 발목까지 오는 하얀색 양말 차림이었다. 머리카락을 고무줄로 질끈 묶은 은재가 편안해 보였다. 은재는 새하얀 다리를 침대 시트 위에 길게 뻗었다. 수인은 자신의 양말이 깨끗한지 확인한 후 어정쩡하게 은재의 옆자리에 앉았다. 침대는 푹신했고, 정면을 보자 작은 티브이 뒤로 편백나무 벽이 정갈하게 펼쳐져 있었다. 은은한 향토 냄새와 편백나무 향이 풍겼다. 수인이 움직일 때마다 침대가 흔들려 은재의 몸도 함께 움직였다. 움직임을 최소화하려다 보니 수인의 행동은 더욱 뻣뻣해졌다.

"수인아, 너는 이런 저렴한 침대 불편하지? 너네 집은 좋은 것만 쓰잖아. 티브이 크기도 우리 집 세 배던데. 나 예전에 너희 집 갔다가 솔직히 좀 놀랐어. 네 방에 전용 티브이가 따로 있어서. 내 방엔 침대도 없는데."

"아니야, 편하고 좋아. 내가 집에서는 부모님 방에 잘 안 들어가서 어색한 것뿐이야. 여긴 되게 예쁜 것 같아. 아늑하고 특별해 보여. 한옥이 이렇게 멋스러웠나 싶고, 서까래 보면서 잠들면 어떤 기분일까 싶어."

수인 쪽으로 몸을 돌린 은재가 말없이 수인을 바라봤다. 진실을 추궁하는 눈. 수인은 무슨 말을 해야 할지 몰라 리모컨을 뺏어 채널을 급히 돌렸다. 도시에서만 살아온 연예인들이 자연 속으로 들어가 살아보는 예능 프로그램이 나왔고, 점 찍고 돌아온 아내에게 다시 사랑에 빠지는 수년 전 흥행한 막장 드라마가 재방영 중이었다. 영화 전용 채널에서는 〈캐롤〉이 상영되고 있었다. 무슨 내용인지는 모르지만, 다른 채널에 비해 차분한 영화 분위기가 좋아서 그냥 뒀다. 은재는 영화를 보며 세워 놓은 베개로 몸을 더 깊이 파묻었다.

"수인이 넌 참 속을 모르겠어. 근데 싫진 않아. 넌 좋겠다. 부모가 부자여서. 우리 집은 다 빚이야. 전 주인이 살려고 주택을 개조했다가 사업 망해서 급하게 처분하는 거 무리해서 샀어. 주인은 헐값에 넘기는 거라고 강조했는데 우리는 대출을 30년 동안 갚아야 하더라. 재밌지? 아마 내가 커서도 갚아야 할걸? 근데 있잖아. 나도 후진 집에 살기 싫어서 안 말렸어. 예전에 살던 집으로는 널 초대할 수 없었으니까."

재밌지 않냐는 물음에 웃을 수는 없어서 그냥 조용히 끄덕거렸다. 수인은 자신의 집도 부자는 아니라고 정정하려다가 괜히 분위기만 껄끄러워질까 봐 참았다. 화면에서는 캐롤의 집을 다녀온 테레즈가 집으로 돌아가며 차창에 기대 울고 있었다. 내용도 제대로 모르면서 중요한 걸 놓쳐버린 것처럼 가슴이 먹먹하고 심장박동이 빨리 뛰었다.

"이거 작년에 개봉했는데 벌써 풀렸네. 청소년 관람 불가라서 못 봤는데."

"왜 청불인데?"

"글쎄? 보면 알겠지."

은재는 묘하게 한쪽 입꼬리를 올리며 웃었다. 은재가 팔짱을 끼며 손을 잡았다. 평소에도 팔짱을 자주 꼈기에 수인도 팔에 힘을 풀고 은재의 손을 꼭 잡았다. 수인이 스킨십을 좋아하는 편은 아니었지만, 은재와는 몇 년째 손잡고 팔짱 끼고 다니다 보니 은재 한정으로 자연스러워졌다. 은재가 가까이 와서 수인의 맨다리 옆으로 자신의 맨다리를 붙였다. 더웠지만 그 낯선 체온에 신경 쓰지 않으려고 애썼다. 여행을 준비하는 테레사와 캐롤에게 감정 이입이 됐다. 수인이 미래의 나는 무엇을 하고 있을까, 결혼은 할 수 있을까, 결혼 후엔 어떤 삶을 살까, 그런 생각을 하고 있을 때 불쑥 은재가 말했다.

"너 재성이랑 어디까지 해봤어?"

"뭘?"

"이수인 주특기 '모른 척' 나왔네. 너희 사귄 지 1년도 넘었잖아."

"아, 그냥 뭐. 그러는 너는 그 과학고 오빠랑 자주 만나?"

"맨날 바빠. 생각보다 재미없고 피곤해."

그때 대사가 없어서 화면을 다시 보니 캐롤과 테레사의 베드신이 나오고 있었다. 그런 장면을 본 것도 처음이었고, 그 당시 수인에게는 상상조차 하지 못한 전개라서 눈도 깜박이지 못하고 화면을 봤다. 은재 역시 그랬다. 은재는 화면을 응시하면서 수인과 맞잡은 손의 손가락을 움직여 수인의 손가락을 부드럽게 쓸었다. 1분 정도 지났을까. 영화 속의 이해할 수 없었던 장면의 일부가 현실로 이어졌다. 수인과 은재. 두 사람에게 이해할 수 없는 일이 일어났다. 은재의 얼굴이 가까웠고, 눈을 감고 있었으며, 수인은 자동으로 고개를 조금 앞으로 가져갔다. 떨리는 두 입술이 포개졌다. 입술에 힘이 들어갔다. 뜨거웠다. 은재가 고개를 살짝 떼고 속삭이며 물었다.

"이런 거도 해봤어?"

"아니. 너는?"

"해봤지. 그럼 이런 건?"

뒤이은 은재의 행동에 멍하게 휩쓸렸던 건 그게 수인에겐 첫 키스였기 때문이었다. 수인은 자신이 이런 순간을 기다려 온 건지도 모른다는 생각과 동시에, 공원에서 재성이 키스를 시도했을 때 황급히 딴청을 부렸던 순간을 떠올렸다. 수인의 대답이 없자, 은재가 미소를 지었다.

"이런 건 나랑만 해. 앞으로도."

누가 먼저 말하지 않아도 은재가 말한 '이런 건' 둘만의 비밀이 되었고, 두 사람은 약속이나 한 듯 자주 학원을 땡땡이 쳤다. 처음에는 안방에서 아무 채널이나 틀어놓고 '이런 것'을 하다가 나중에는 집으로 들어서면서 외부 시선으로부터 자유로워지자마자 '이런 것'을 하기도 했다. 그때부터 수인은 재성의 연락은 두 번에 한 번만 답했고, 학원을 가지 않는 날에도 농구하는 모습을 보러 가지 않았다. 재성과 가끔 만나 함께 빙수를 먹고, 손잡고 영화도 봤지만, 점점 재성의 눈을 마주치기가 어려웠다. 재성과 만나던 시간을 쪼개 은재를 만났다. 재성을 향하던 마음은 서서히 고마움과 미안함으로 변질되었다. 재성은 당황했지만, 티 내지 않으려고 애썼다. 가끔 재성의 친구들은 장난이랍시고 수인에게 이렇게 말했다.

"야, 이수인. 누가 보면 재성이가 아니라 강은재랑 사귀는 줄 알겠다."

두 이름이 나란히 호명되니 죄책감이 밀려들었다. 은재에게 육체적으로 끌린다고 해서 재성을 좋아하지 않는 것은 아니었다. 은재와의 첫 키스 이후, 수인은 커뮤니티를 찾다가 양성을 좋아하는 사람도 있다는 것을 알게 되었다. 하지만 양성을 좋아한다는 것이 양쪽을 동시에 만나도 된다는 뜻은 아니었다. 수인은 빨리 재성에게 진실을 말하고 자유로워지고 싶었다. 그게 어떤 결과를 불러올지 모르지만, 적어도 빚지는 기분은 덜어내고 싶었다.

◆ ◆ ◆

"은재야, 나 재성이랑 헤어질까?"

"아니."

평소와 같이 은재와 함께 학원을 빼먹고 은재가 말한 '이런 것'을 하던 중이었다. 수인의 말에 은재는 미묘한 표정을 짓더니 한순간에 정색했다. 은재는 몸을 뒤로 빼며 수인을 감싸던 팔을 풀고 바른 자세로 앉았다. 수인은 갑작스러운 은재의 감정 변화를 따라가기가 벅찼다.

"수인아, 나는 네가 재성이랑 사귄대서 안심했어. 나는 너랑 친해지고부터 네가 나를 이성적으로 좋아할까 봐 거리를 둬야 하나 했거든. 근데 네가 재성이랑 사귀니까 참 다행이다 싶더라고. 너랑 나는 친구야. 맞지? 친한 친구끼리는 이런 장난도 하는 거야. 알지? 너도 장난인 거 알았잖아. 그렇지?"

수인은 은재가 말하는 것 중 하나도 인정할 수 없었지만, 천천히 고개를 끄덕였다. 은재는 이제 이런 놀이 이제 재미없다면서 똑바로 앉았다. 한참 동안 은재는 수인에게 눈길도 주지 않고 예능 프로그램만 보면서 깔깔 웃었다.

은재와 첫 키스 이후 한 달도 안 되는 시간이었지만 수인은 혼란의 밤을 겪었다. 학교 공부는 물론 밥도 잘 먹지 못했고, 재성에게는 미안함 때문에 도리어 자꾸만 화를 냈다. 매번 수인에게 먼저 다가오던 재성의 인내심도 한계에 다다랐다. 부모님에게 말하지 못할 비밀이 늘었고, 수인은 헤테로 정체성을 가진 사람들이 모인 카페에 가입해서 자신과 비슷한 경험을 찾기 위해 실시간으로 올라오는 모든 게시글을 놓치지 않고 읽으려고 애썼다. 어느 쪽에서도 환영받지 못하는 사람들, 이라는 문구가 한동안 아른거렸다. 수인은 다른 사람들이 숱하게 부딪히고 있는 사회적 소외감이나 정체성, 가치관 차이로 인한 이별 내용을 유심히 보았다. 그 모든 게 앞으로도 펼쳐질 자신의 미래 같아서 타인의 고통에도 마음이 저리고 아팠다. 그 시기에 수인의 머릿속은 온통 자신의 성 정체성에 관한 생각뿐이었다. 행여나 자신의 성향이 드러날까 봐 주변 사람들과 눈을 마주치기도 힘들었다. 다수를 향해 갑자기 생겨난 의식으로 인해 극심한 위통을 겪었다. 뭘 먹어도 소화가 안 되다 보니 자연스레 4킬로그램이 빠졌다. 그래도 은재와 함께 있는 시간이 좋았다. 자신에 대해서, 은재에 대해서 진지하게 공부하고 제대로 알아가고 싶었다. 수인에게 성 정체성은 미래 전체가 걸린 중대한 일이었다. 그런데 은재에게는 이 모든 게 장난이었다.

그날 이후 수인은 여러 이유를 들며 학원에 성실하게 출석했다. 은재는 수인에게 땡땡이를 한두 번 더 제안하고는 수인이 동요하지 않자 다시는 제안하지 않았다. 얼마 후 은재 무리 중 한 명이 은재네 집은 최신식 한옥이라며 떠들어댔다. 수인은 머릿속으로 자신이 누웠던 그곳에 있었을 그 아이와, 그 옆에서 장난으로 '그런 것'을 했을지 모를 은재를 떠올렸다. 학교에 이상한 소문이 돌기 시작했던 것도 그때부터였다.

그해 학기 말에 동성애 찬반 토론이 진행되었다. 칠판에는 분필로 찬성과 반대가 크게 적혀 있었다. 그리고 '혐오적인 표현 금지', '존대와 가치중립적 단어 사용 필수' 등의 주의 사항이 붙었다. 토론 규칙은 주장-사례 제시-반론-재반론 순이었다. 햇살은 교실의 반만 기울어 비춰, 교실 뒤쪽은 여전히 그늘져 있었다. 그 경계에 수인이 앉아 있었다. 무르익은 동성애 토론에서 은재는 찬성의 입장으로 발표를 이어갔다. 다양한 가족의 형태 존중, 차별금지와 같은 단어를 주장 사이사이에 넣었다. 재성은 동성애 반대 측이었다. 반대 측에서는 종교적인 담론과 사회 질서, 감염병 문제 야기 등등의 단어가 거론되었다.

"지금 언급한 사회질서에 대한 발언은 추상적일 뿐더러 기독교에 국한되는 것이며 전통적으로 세습된 것들이 곧 윤리라는 명제 역시 일반화의 오류라고 생각합니다."

은재는 선생님을 바라보며 연습해 온 반론 내용을 야무지게 말했다. 선생님이 진행의 말을 하려고 입을 떼기도 전에 재성이 먼저 말했다.

"이의 있습니다. 찬성 측이야말로 특정 종교를 비난하며 본질을 흐리고 있습니다. 동성애의 존재 자체를 부정하는 것이 아닙니다. 다만 현재까지 동성애에 관한 법규가 거의 없습니다. 그것은 아직 사회적으로 합의가 미흡하여 법적 제도가 생기지 않았다는 방증이기도 합니다. 따라서 이 시기에 동성혼이나 동성 관련 법률의 개정은 시기상조이며 강제로 이행할 시 혼란이나 조장, 역차별의 가능성을 내포할 수 있습니다."

"그것도 어디까지나 반대 측의 가정일 뿐입니다. 사회적 합의가 선행되어야 한다는 추론의 오류를 범하고 있습니다. 마치 동성애라는 개인의 성향이 사회적 문제인 양 말하는 반대 측의 의견은 인권 침해라고 생각합니다."

"그러면 동성이 본인을 좋아해도 찬성입니까?"

재성의 날 선 물음에 교실의 온도가 눈에 띄게 변했다. 뒷좌석에서 졸거나 딴짓하던 아이들마저 귀를 세우고 토론에 집중했다. 수인은 그 모든 과정을 지켜보면서 말없이 침을 삼켰다. 재성의 갑작스러운 질문에 은재는 교실을 한번 둘러보더니 수인이 있는 쪽을 바라보며 '나만 아니면 된다'는 입장을 깔끔하게 정리했다. 상황을 지켜보던 선생님은 토론이 산으로 가자 중재를 했다. 은재와 눈이 마주친 수인은 다리가 떨려 교복 치마를 정리하는 척하면서 다리를 두 번 반대로 꼬았다. 하지 불안 증후군은 줄어들지 않았다. 그리고 고개를 들었을 때 은재도 재성도 모두 자신을 보고 있었다는 걸 알았다. 그 둘의 눈을 거쳐온 다른 눈동자들도 하나둘 수인을 향하기 시작했다. 차가운 철제 책상다리를 두 손으로 꽉 쥐는 것 외에는 수인이 할 수 있는 게 없었다.

아까도 그랬다. 승강기 앞에서 '친구로?'라며 되묻는 단아의 말을 듣자마자 수인은 '나만 아니면 된다'던 은재의 말이 불쑥 떠올랐다. 단아를 잃을 수 없다는 생각이 머릿속에 가득 찼다. 수인은 한발 물러서며 격양된 톤으로 단아에게 친구 사이라고 확실하게 선을 지켰다. 그렇게라도 단아를 안심시키고 싶었다.

"그렇구나. 그랬구나. 그런 거였구나."

의중을 알기 어려운 대답이었다. 다행이라 생각하는 걸까.

단아의 힘없는 반응에 수인은 취기가 싹 가셨다. 수인은 입만 여러 번 달싹일 뿐 아무 말도 할 수 없었다. 때마침 승강기가 도착했다. 문이 닫힐 때까지 서로를 말없이 바라보았고, 문이 닫히자마자 가까스로 버티고 있던 다리에 힘이 풀렸다. 승강기는 내려야 할 층에서 열렸다가 닫혔지만, 수인은 내리지 못하고 쪼그려 앉아 이마를 짚었다. 승강기가 작은 관처럼 느껴졌다. 수인은 눈물을 닦았다. 수인은 단아와의 관계를 살린 대신 진실한 자신의 마음 하나를 죽였다.

휘청이며 집으로 들어왔다. 스탠드 하나만 켜고 바닥에 주저앉았다. 현관 센서가 꺼지자, 방 안이 온통 어둠에 잠긴 주홍빛이 되었다. 은재와 첫 키스를 할 때 보았던 한옥 천장의 샛노란 등이 떠올랐다. 고개를 세차게 저었다. 술이 조금 깼다. 어항 속에 구피 떼가 유영하는 것이 보였다. 녀석들은 같은 공간 속에서 계속 똑같은 패턴으로 돌고 돌았다. 아무리 반복되는 물살에 휩쓸려도 살아만 있으면 되는 거다. 그런데 그게 진짜 살아 있는 건가? 주체할 수 없이 눈물이 터져 나왔다. 정형 행동, 같은 패턴, 정해진 결말. 변화는 없고, 변주만 있는 삶의 한계. 정말 한계일까? 과거와 현재가 다른 상황이라는 걸 머리로는 알았지만, 같은 결과가 나올까 봐 수인은 지레 겁이 났다. 닿지 않아도 전하고 싶은 마음이 들었다. 지금 이 벅찬 확신을 어떻게든 전하고 싶었다. 오래 생각할수록 감정만 더 깊어질 것이다. 수인은 서둘러 밖으로 나갔다. 엘리베이터를 1층 버튼을 누르면서 수인은 자신이 단아의 집을 모른다는 사실을 깨달았다. 일단 나가서 바람 좀 쐬다가 눈물이 다 마르면 단아에게 전화를 걸어서 길거리를 배회하고 있다며 걱정하게 만들 참이었다. 그럴 참이었는데……. 승강기 문이 열리자, 로비에 웅크린 채 주저앉아 있는 단아가 보였다. 단아는 왜? 단아가 뒤를 돌았다. 단아의 눈시울이 붉어져 있었다. 수인은 로비로 걸어가 단아의 손을 살짝 잡아끌었다.

"자고 가."

안 된다고 말할 줄 알았는데 단아는 수인이 하자는 대로 그냥 따라왔다. 승강기가 열리고 복도를 걸어서 현관문이 닫힐 때까지 수인과 단아는 아무 말도 하지 않았다. 두 사람은 좁은 현관에 한참 그대로 서 있었다.

"왜 울었어?"

"그러는 너는?"

"수인아, 너 신발 짝짝이야."

"알아. 급했어."

"뭐가?"

수인은 대답 대신 단아를 안았다. 단아가 거부하고 밀치거나 화를 낸다고 하더라도 꼭 해야 할 말이 있었다.

"단아야. 나는 너를 친구 이상으로 좋아하는 것 같아. …미안해."

울지 않으려고 했는데 목소리가 떨리게 나왔다. 단아가 자신을 밀쳐내지는 않을까 걱정하려는 순간 단아가 수인을 더 세게 끌어안았다. 수인은 처음으로 자신이 있는 그대로 받아들여진 기분을 느꼈다. 단아의 팔을 통해 힘 있게 전해지는 따스한 압력에 수인은 자신이 소중한 존재가 된 듯한 기분이 들었다. 신발장에 부착된 전신 거울로 자신의 상기된 얼굴과 헝클어진 머리, 그리고 자신을 안고 있는 단아의 뒷모습이 보였다. 그 상태로 움직임이 없자 센서가 꺼졌다. 이제 무슨 말을 해야 할까, 생각하고 있는데 단아가 등을 뒤로 빼더니 얼굴을 다시 앞으로 내밀었다. 동작이 커지자, 현관 센서 등이 다시 켜졌다. 두 사람은 눈을 마주쳤다. 서로의 얼굴이 서로의 눈동자에 담겼다. 수인은 아직 단아 허리를 감은 손을 풀지 않은 상태였다. 단아의 입술이 그대로 수인의 입술로 향했다.

In flight

비행

수인을 안고 있던 동안에도 단아는 스치듯 엄마를 떠올렸다.
평생 이해하지 않겠다고 다짐했는데 그 마음이 자꾸만 흔들
렸다. 엄마도 사람들의 시선으로부터 자유롭고 싶었을 텐데.
단아는 오랜 세월 그것을 인정하지 않았다. 단아는 수인의 마
음을 확인하자마자 자신이 조금은 이해받았다고 느꼈다. 감
정 낭비야말로 단아가 극도로 싫어하는 무용한 것이었다. 그
런데 수인과 마음이 통한 순간 단아는 자신의 안에 존재하는
많은 감정이 세포를 통해 하나하나 역동하는 것을 느꼈다. 세
포는 본능적으로 움직였고, 그럼에도 둘은 한없이 서툴렀다.
먼저 다가가고, 제대로 닿기도 전에 또 도망가고, 타이밍이 맞
지 않아 치아를 부딪치면서도 끌어안고, 그럴 때마다 뚝뚝 관
절 소리가 나기도 했다. 숨 쉬는 것조차 부자연스럽고 어색했
다. 그래도 모른 척했다. 나직하게 풍기는 술 냄새와 로션 향
기, 스탠드만 켜진 방에서 둘은 아무런 말도 하지 않았다. 거
칠지만 달고 뜨거운 호흡이 누구의 것인지 모르게 오갔다. 피
부의 온기를 실감할 때마다 이상하게 눈물이 자꾸 흘렀다. 처
음 수인의 가슴에 입이 닿았을 때, 형용할 수 없이 부드럽다

는 느낌에 휩싸였고, 그 느낌은 촉각이라는 한 가지 감각으로 모두 통합됐다. 부드러웠다. 부드러운 촉감이 단아의 양 볼을 감쌌다. 입가에 한 번도 닿아본 적 없는 촉감. 단아는 입을 움직이고 싶다는 충동을 느꼈고, 얼마간 그렇게 했다. 단아는 수인의 가슴에 키스하는 도중에도 줄곧 자신이 수인에게 같은 애무를 받으면 어떤 기분일지 생각했고, 곧이어 이어지는 상대의 행동을 통해서 금방 그 답에 도달했다. 그 순간의 기분을 종이에 적으려면 미치도록 좋았다 한 줄이면 될 것도 같고, 또 낱낱이 적기 시작한다면 한 권의 책으로도 부족하겠다고 생각했다. 찬란한 순간에 그간 지나온 갈등의 깃발들이 떠올랐고, 지금 이 달뜬 뜨거움이 미래에 또 어떤 갈등을 초래할지 생각하다가 동작이 격렬해지면서는 모든 생각을 멈췄다. 아무 생각도 할 수 없었다. 한동안 두 사람은 내일이 없는 것처럼 서로 연결되려고 했다. 손으로, 입술로, 눈으로, 숨으로 가능한 한 연결되고 싶었다. 시간과 공간이 사라지고 허공에 단둘만 남은 기분이었다.

언제부터인지 비가 내리고 있었다. 밤이 깊어지자, 빗소리가 더욱 거세졌다. 단아는 옷을 대충 걸치고 커튼을 젖혀 창밖을 바라보았다. 몸이 살짝 차가웠지만 어쩐지 마음은 온기로 꽉 찬 듯 조금 전의 열감이 남아 있었다. 창밖으로 역 앞의 풍경이 펼쳐졌다. 운서역이라고 적힌 하얀색 불빛이 비에 흐릿해져 오히려 더 찬란하게 느껴졌다. 평소에는 비 오는 날씨를 좋아하지 않는 단아지만, 어쩐지 오늘은 장대로 내리는 비가 수인과 단아를 외부로부터 보호해 주는 듯한 기분이 들었다. 수인이 먼저 씻고 나왔다. 단아는 수인이 씻는 사이에 이미 땀이 식었다. 단아는 수인과 어색하게 웃으며 바로 교대했다. 단아는 쏟아지는 물줄기에 조금 전의 일들을 되새기면서 잠시 정신이 멍했다. 따뜻한 물로 천천히 오래 씻자 그제야 몸이 이완되는 느낌이 들었다. 단아가 머리까지 다 말리고 나왔을 때 수인은 자는 듯했다. 단아는 스탠드를 끄고 옆으로 누웠다. 그리고 가만히 어항의 푸르스름한 불빛, 천천히 유영하는 구피들을 바라봤다. 그 옆으로 하얀 실크 커튼 사이로 푸른 달빛이 들어왔다. 이전에도 몇 번 놀러 왔던 공간인데 오늘은 유독 오래된 흑백 사진처럼 낯설었다. 모로 누운 수인의 몸을 보았다. 수인의 실루엣 위로 적은 양의 달빛이 머물고 있었고, 잠시라도 눈을 떼면 그 빛을 잃어버릴 것 같아 단아는 오래 그것을 응시했다. 혹시라도 오늘 한 모든 행동을 후회하게 되지는 않을까? 내일은 오늘을 단순한 취기로 치부하게 될까? 앞으로 할 수 있는 말이 더 많아질까, 그 반대일까? 지금의 단아로선 아무것도 알 수 없었다. 옆에서 들려오

는 색색대는 숨소리가 심장 어딘가를 잔잔히 간질인다는 것
만이 지금 존재하는 단 하나의 진실이었다.

다음 날 수인은 싱크대 앞에서 무언극을 하듯 조심스럽게
달걀을 깨고 있었다. 베이지 바탕에 연갈색 곰돌이가 그려진
파자마 상하의 세트가 잘 어울렸다. 해가 뜨고 나서야 겨우
잠든 단아는 천천히 눈꺼풀을 감았다 뜨면서 시선을 더듬어
수인을 찾았다. 수인은 나무 수저로 식빵에 달걀옷을 입히고
있었다. 어젯밤 원 없이 봤다고 생각했는데, 단아는 여전히 수
인의 동작을 하나라도 놓치지 않으려는 듯 수인의 모습을 눈
에 담았다. 소리를 내지 않으려 조심하던 수인은 자신도 모르
게 큰 소리가 나자 고개를 돌려 침대 쪽을 바라봤다.
"깼어? 시끄러웠지? 미안해."
"아니야. 나도 일어날 때 됐잖아."
"무슨. 한숨도 못 잤으면서."
곤히 자서 모를 줄 알았는데, 어쩌면 수인도 단아를 밤새
주시하고 있었을지 몰랐다. 수인이 요리에 속도를 내는 것이
보였다. 냉동 애플망고를 가득 올린 그릭요거트와 프렌치토
스트가 테이블 위에 차려졌다. 수인은 데운 우유와 커피 중
뭐가 좋은지 물었다.

"오렌지 주스."

"아, 이런…….”

수인은 진지한 얼굴로 걱정하는 표정을 짓더니, 다행히 오렌지 주스도 있다며 장난기 머금은 눈으로 단아에게 찡긋하고 오렌지 주스를 꺼냈다. 수인은 테이블 매트를 깔고 움푹 파인 조약돌 모양의 수저받침에 커트러리 세트를 가지런히 정리했다. 꿀과 잼을 덜어온 종지도 접시와 같은 브랜드의 것이었다. 단아는 자취생이 쓰는 그릇이 유명 브랜드의 식기 세트일 수도 있다는 데에 조금 놀랐다. 비로소 수인의 요리를 처음 먹는 게 실감이 났다. 입안 가득 식빵의 폭신한 감각이 느껴지자마자 이상하게 어젯밤 보드랍고 말랑하던 수인의 등의 촉감이 떠올랐다.

"아, 나 미쳤나 봐.”

"왜?"

"아무것도 아니야. 너도 그만 만들고 앉아서 먹어. 나만 먹으려니 미안해서.”

"응. 난 아침은 이렇게 간단히 먹는 편이야. 단아는?”

"난 안 먹는 편.”

둘 다 약속이나 한 듯 어제의 일을 입 밖으로 꺼내지 않았다. 단아는 수인과 이제 무슨 관계인 걸까 생각했다. 아무 일도 없었던 게 아닌데, 이전으로 다시 돌아갈 수는 없는데, 수인이 아무것도 기억 안 난다고 할까 봐 걱정되기 시작했다. 동시에 수인이 이제 우리 관계는 달라졌으니 어제 일에 책임을 져야 한다고 말할까 봐 겁도 났다. 책임져야 한다는 사실보다는 져야 할 책임을 알지 못하는 데서 오는 불안이 컸다. 나이프로 작게 자른 식빵을 입에 넣고 오물거리는 수인의 얼굴선이 예뻤다. 이렇게 입술이 작았었나? 단아는 수인의 작은 입술을 멍하니 보다가 수인과 눈이 마주쳤다. 수인은 더 씹지 않고 내용물을 급히 삼키고는 리모컨을 찾았다. 뉴스에서 얼마 전 벌어진 인천가좌역 화장품 공장 화재 소식이 흘러나오고 있었다. 여러 사람이 다친 큰 사고였다. 단아가 2차 보안검색원이 되기 전 보름 남짓 다녔던 그 화장품 공장이었다. 단아는 함께 정직원이 되자던, 갓 고등학교를 졸업한 그 애가 떠올랐지만 그럴 리 없다고 믿기로 했다. 그때 수인이 황망한 표정으로 말했다.

"원청과 하청이 서로 책임을 전가하느라 피해자 밝히는 일을 미루는 세상이라니……. 믿을 수가 없다."

"내 말이. 라인에 있던 사람들은 전부 경력 단절 여성이거나 고등학교 졸업하자마자 생계를 책임지기 위해 취업한 어린 친구들이었는데……."

"저기 아는 곳이야?"

"나 예전에 영종도 처음 왔을 때 잠깐 아르바이트 했었어. 원청의 협력사인 하청의 2차 하청인 회사의 일용직으로."

"아, 그랬구나. 아니 나는 이해가 안 돼. 하청의 하청. 왜 그렇게 복잡하게 해놨을까? 직고용하면 단순하고 깔끔할 텐데. 수십 명이 쉬고 있던 휴게실 쪽으로 불이 번져서 사망자는 물론 화상 입은 노동자들도 파악이 다 안 된다면서? 가족들은 얼마나 애가 탈까."

"저 사람들에겐 저렇게 아웃소싱하고 도급형 피라미드로 만들어서 책임을 분산해 놓는 게 지혜고 깔끔이야. 언제든지 문제 생기면 꼬리 자를 수 있잖아."

"지금의 나 같네. 곧 잘릴지도 모를 처지가……. 뭐, 회사 입장도 있겠지."

처지라는 말에 단아는 잠시 말을 멈췄다. 영종도로 오기 전, 같이 공장에서 계약직으로 근무하던 주은이 떠올랐다. 끝까지 가지 말라고 매달리던 주은은 간혹 연락을 해왔다. 그러나 처음 한두번만 전화를 받았을 뿐, 단아는 이내 그 연락마저도 피했다. 과거가 자신을 붙잡고 늘어지는 것 같은 기분에 의도치 않게 외면을 한 거였다. 지금도 그랬다. 단아는 별다른 의도 없이 말했지만, 결과적으로 수인의 아픈 곳을 날카로운 도구로 찌른 기분이었다. 수인은 골똘하게 생각하다가 억지로 밝게 웃었다. 하룻밤 사이 낯설어져 버린 얼굴. 수인이 이렇게 생겼던가? 정돈 안 된 눈썹, 헝클어진 머리, 턱에 보이는 작은 점, 슬픈 눈까지 모두 완벽하게 보였다. 업무 영상 유포 문제로 괴로워하는 수인 앞에서 단아는 잠시나마 베니 사건이 없었다면 어젯밤에 서로 통하는 일도 없었을 것이라는 생각을 했다. 수인의 불행이 어쩐지 두 사람을 연결해 주는 필연처럼 느껴졌다. 그러고 나니 그런 생각을 하는 자신을 참기가 어려웠다. 불행의 반대급부로 받은 행복은 곧 다시 뭔가를 요구할 것이다. 이제 무언가 내줄 차례인 것 같아 마음이 불편해지기 시작했다. 그때 알람이 울렸다. 출근을 깜박 잊고 있었다.

“아, 오늘 근무야?”

“응. 올데이 근무.”

“그럼 언제 끝나?”

“10시.”

수인의 질문이 그냥 묻는 말인지, 끝나고 만나자는 말인지 혼란스러웠다. 수인의 동공이 떨리는 게 보였다. 아무 의미 없이 나누던 시시껄렁한 일상적인 대화가 가능할까 싶은 염려가 생겼다. 휘몰아친 감정의 크기가 과평가된 걸까 봐 두려웠다. 무엇보다 단아는 자신의 마음이 시간의 냉기에 굳어버릴까 봐 걱정되었다. 티셔츠에 속옷 차림이던 단아는 일어나 주섬주섬 옷을 챙겨 입었다. 수인은 고개를 돌리며 괜스레 딴청을 피웠다.

"힘들겠네. 잘 다녀와."

"어디로?"

"응?"

수인과 눈이 마주치자, 막혔던 대화가 단번에 확 통해버리는 느낌이 들었다. 어제 이후 둘은 처음으로 깔깔 소리를 내며 웃었다. 단아는 자신의 물음을 수인이 장난으로 넘겨준 게 고맙기도 하고 얄밉기도 했다. 단아가 출근을 서둘렀다. 수인이 양말과 옷을 담아갈 에코백을 내주었다. 수인의 물건들이 점점 친숙하게 느껴졌다.

단아는 업무를 위해 연착되는 비행기를 기다리면서 수인과 지새운 밤을 머릿속으로 수없이 재생했다. 생각할 때마다 속도와 모습이 다르게 재연되었다. 어제와 오늘은 완전히 달라졌다. 자신을 대하고 바라보는 사람들의 태도가 어제와 다름없는 게 오히려 이상하게 느껴질 정도였다. 어린 시절, 상황이 바뀌었는데도 자신을 대하는 태도가 평소와 다름없던 엄마처럼, 그 모든 게 이상했다. 불현듯 어딘가에서 엄마가 나타나서

'단아야, 맞지? 넌 날 꼭 빼닮았다니까' 하고 말할 것만 같았다. 단아에겐 이기적이고 무책임한 엄마였지만, 엄마가 사랑하던 그녀에게는 전혀 다른 사람이었을 수 있겠다는 생각이 들었다.

사실 단아는 부모님이 이혼하기 전에 엄마가 그녀를 만나는 걸 몇 번 보았다. 그리고 자신도 모르게 알리바이가 되어주기도 했다. 장날이면 엄마는 한 번씩 단아를 데리고 시내로 나갔는데 그때마다 꼭 들리는 카페가 있었다. 북카페라는 개념이 없었던 시절의 북카페. 책이라곤 다 합쳐서 천여 권 정도인 20평 남짓한 공간. 그 카페에 놓인 몇 안 되는 테이블에 엄마의 그녀가 앉아 있었다. 그녀는 하얀 실크 블라우스에 H라인 검은색 치마를 입고, 두꺼운 소설책을 읽으며 커피를 마셨다. 엄마가 매일 착용하던 은색 목걸이와 똑같이 생긴 얇은 금색 십자 목걸이가 그녀의 새하얀 목에서 유난히 노랗게 빛났다. 붉게 바른 립스틱이 하얀 커피잔에 묻어났다. 마치 그 모습이 한 폭의 그림이라도 되는 양 엄마는 적당한 거리에 멀뚱히 선 채 그녀를 한참 넋 놓고 보았다. 그러다가 정신이 들면 그쪽으로 걸음을 옮겼다. 걸을 때 엄마는 단아의 손을 가볍게 놓기도 하고, 너무 아프게 꼭 잡기도 했다. 문이 열리면 울리는 종소리에 그녀가 고개를 돌려 '어서 와' 하고 말하면 엄마의 얼굴에는 집에서 볼 수 없던 부드러운 미소가 번졌다. 카페의 주인 할머니는 백발 머리를 깔끔하게 올려 묶은 채 안경을 쓰고 항상 같은 작가의 시집을 읽고 있었다. 그러다가 엄마와 눈이 마주치면 둘만 통하는 눈빛을 주고받았다. 그러고 나면 어김없이 단아에게 '아가, 이리 온' 했다. 남동생만 아끼는 억센 친할머니와 달리, 카페 할머니는 단아를 그냥 한 명의 어린이로만 상냥하게 대해줬다. 동생과 비교하거나 동생을 위해 양보하는 착한 누나가 되어야 한다고 주입하려 들지도 않았다. 카페 할머니는 단아를 카페에 딸린 방으로 데려가 라면도 끓여 먹이고 낮잠도 재워줬다. 방 여기저기 놓인 원목 재질의 바구니엔 항상 호박 맛이 나는 젤리가 있었는데, 단아는 그것을 따뜻하게 장판 밑에 두었다가 금방 꺼내 치즈처럼 늘여 먹는 것을 좋아했다. 티브이도 원 없이 볼 수 있었고, 공중파만 나오는 집에 비해서 채널도 열 배나 많았다. 시간 개념이 없던 때였다. 가끔 화장실에 가다가 카페를 보면 아무도 없었다. 엄마는 어디 있느냐고 단아가 물으면 할머니는 '아가야, 배 안 고프니?' 하고 말을 돌렸다. 그렇게 곶감이나 떡을 먹고 있으면 어느새 엄마가 집에 가자며 단아를 불렀다. 장보고 돌아온 엄마에게선 늘 비누 냄새가 났다. 엄마는 새로화장한 듯한 얼굴로 할머니에게 흰 봉투를 내밀곤 단아를 데리고 나갔다. 카페 할머니는 단아를 보내기 싫다며 등을 오래 토닥였고, 단아는 양쪽 주머니에 담아온 호박 맛 젤리를 동생 몰래 어디에 두고 먹을지 생각했다. 집으로 돌아가는 정류장에서 엄마는 종종 단아의 눈높이에 맞춰 앉아서 말했다.

"단아야, 오늘도……."

"알아. 비밀인 거."

단아는 뒤로 돌아가 있는 엄마 목걸이의 은빛 십자 펜던트를 다시 올바르게 앞으로 돌려 정리해 줬다. 그럴 때마다 엄마는 처음 있는 일도 아닌데 흠칫 놀랐다. 펜던트가 뒤로 돌아가 있는 이유는 몰랐지만, 집에 가기 전에 그것이 제자리에 있어야 한다는 것쯤은 알았다. 카페 할머니 집에서 누린 모든 게 엄마와의 비밀을 담보한 모종의 거래였다. 그때 단아는 그 거래에서 자신은 전혀 손해 볼 게 없다고 생각했다. 심지어 장날만을 기다리기도 했다.

"넌 날 닮아서 똑똑하니까."

"알아. 나 똑똑한 거."

엄마는 양손으로 단아의 머리를 쓸어주고 일어나 다시 걸었다. 정류장에서 집까지 걸어갈 땐 항상 노을이 졌다. 가끔 엄마의 손을 잡고 있는 단아의 손에 뜨거운 물기가 닿아 엄마를 올려다보면 엄마는 노을을 보며 한숨을 쉬고 있었다. 오늘이라는 끈을 놓기 싫어 밤이 오지 않길 바라는 사람처럼 간절한 눈빛이었다. 엄마의 새로 칠한 화장에 눈물길이 났다. 그럴 때마다 단아는 바지 양쪽 호주머니에 든 호박 맛 젤리가 조금 무겁게 느껴졌다.

"단아야, 너도 베니 사건으로 피해받은 친구 때문에 마음이 무겁겠다. 어제 만나서 잘 위로해 줬어?"

조장이었다. 뭔가를 알고 물어보는 것은 아니겠지만, 단아는 뭐든 변명을 해야만 할 것 같은 기분이 들었다. 단아가 그냥 고개만 끄덕이자, 조장이 어깨를 두드리면서 단호하게 말했다.

"그래. 근데 친구 일은 친구 일이고, 우린 우리 일에 집중해야지."

조장이 단아의 수첩을 건넸다. 단아는 수첩을 잃어버린 줄도 모르고 있었다. 오늘따라 발이 반 뼘쯤 땅에서 떨어진 기분이 들었다. 누군가 단아에게 날아보라고 말하면 날 수도 있을 것 같았다. 다만 땅에 닿지 못한 발은 덜덜 떨렸다. 어디가 바닥인지 모르는 것만큼 불안한 건 없다. 어디가 끝인지 모르는 것은 불행이다. 아직 제대로 해보지 않은 시작이 무엇을 가져다줄지 알 수 없어서 대책 없이 시작해 버리고 싶은 마음과 시작도 전에 정리하고 싶은 마음이 동시에 들었다. 그때 집주인에게 전화가 왔다. 간밤에 내린 폭우로 빌라 1층 상가로 물이 역류했다고 했다. 옥상 보수 공사를 해야 하는데 그러려면 건물 전체 수도관을 교체해야 한다고 했다.

"어쩌겠어. 다시 건축법에 맞게 설치해야지."

"그럼 저는 어떡해요?"

공사가 시작되면 세입자들은 수도뿐 아니라 전기도 쓸 수 없었다. 집주인은 일주일간 머물 숙소비를 지원해 준다고 했다. 하루에 7만 원짜리 숙소를 구할 순 없겠지만 그 돈이라도 받아야겠다는 생각이 들었다. 집주인 역시 한 달 치에 가까운 월세를 세입자들에게 되돌려주는 격이었다. 아래 상가에서 재물 피해보상을 신청하는 바람에 울며 겨자 먹기로 공사를 하게 되었다며, 누구보다 자신이 제일 손해 아니겠냐고 푸념하는 주인의 목소리 너머로 수인이 떠올랐다. 심장이 다시 뛰기 시작했다. 수인과 함께할 명분이 생겼다. 단아는 수인에게 바로 전화를 걸어서 집이 한 달간 공사 예정이라고 말했다. 왜 일주일을 한 달로 얘기했는지는 자신도 모를 일이었다.

하늘이 내어주는 기회 같았다. 한 달만 신세 좀 지겠다는 단아의 말에 수인은 가슴이 두근거렸다. 세상이 자신에게 호의적일 리 없다고 의심하면서도 이번엔 진짜일지 모른다고 믿고 싶었다. 평소 수인은 단아와 근무지가 다르고 스케줄 역시 달라 만날 일정을 잡기가 쉽지 않았다. 집에서 함께 생활한다면 많은 추억도 쌓고 조심스레 미래지향적인 이야기도 나눌 수 있을 것 같았다. 내일 오프니까 밤에 짐을 싸서 오겠다는 단아의 말에 수인의 머릿속에서는 지난밤의 열기가 다시 피어올랐다.

쉬는 날이었지만 수인은 공항으로 향했다. 집에 있으면 온통 지난밤 생각만 났다. 감정의 이름은 정확히 몰라도 표현하고 싶은 욕구에 시달리던 밤이었다. 단아가 가진 고유한 온도는 수인이 알고 있는 수치로는 표현할 수 없이 수인에게 딱 맞는 온도였다. 단아의 몸에서 나오는 뜨거운 온기와 손끝에서 전해지는 냉기마저 모두 조화롭고 완벽했다. 평소의 시간이 크로노스적으로 시간이 흘렀다면 어제의 시간은 카이로스적으로 흘렀고, 수인은 시간을 달리하여 그 순간을 머릿속에서 재구성했다. 혹시나 자신에게 취기가 남아 있다고 생각할까 봐 단아가 출근할 때까지는 차분한 척 잘 참았지만, 단아가 출근하고 나니 현실 감각이 돌아오면서 심장이 쉽게 진정되지 않았다.

그런 연유로 환기가 필요했다. 일단 밖으로 나오니 좀 머리가 개운해졌다. 출근일이 아닐 때 나와서 천천히 걷는 공항은 다른 느낌이었다. 설렘과 기대가 가득한 곳. 밝고 넓은 곳. 두 사람의 관계가 아직 확실하게 정리된 것이 아닌데도 그랬다. 친구끼리 여행을 떠나는 모습을 보면 그들이 연인처럼 보였고, 자연스레 단아와 함께 어디론가 떠나는 모습이 연상되었다. 수인은 공항에 온 김에 평소 즐겨 먹던 버블티를 사려고 천천히 걸었다. 그렇게 한참을 걷던 수인이 발걸음을 멈춰 세웠다. 익숙한 옆모습이 보였다.

눈가에 점, 부리부리한 검은 눈썹, 어릴 적 얼굴 그대로 키만 큰 재성이 분명했다. 세관 공무원 제복을 입고 있었지만, 한 번에 알아볼 수 있을 정도로 강한 인상의 얼굴이었다. 수인은 잘못한 게 없는데 순간적으로 뒤로 돌았다. 식은땀이 흐르며 가슴이 조여왔다. 좀 전까지 밝게만 느껴졌던 공항이 자신을 괴롭히려는 목적으로 누군가 마련한 커다란 어항처럼 느껴졌다. 앞으로 가고 있다고 생각했는데 같은 자리를 맴돌고 있었던 건지도 몰랐다. 통유리창 내부의 밀도로 인해 소음이 차단된 듯 사위가 조용해진 기분이 들었다. 수인의 머릿속에는 수조 속에서 서서히 가라앉는 작은 구피의 모습이 스쳐 지나갔다. 수인은 떨리는 다리를 겨우 움직여 다시 집으로 향했다. 사실을 확인하고자 다시 뒤를 돌아볼 용기가 나지 않았다. 단아가 집으로 들어오면, 단아와 마주 앉아 재성의 이야기를 털어놓고 싶었다. 하지만 그렇게 되면 어쩔 수 없이 언급될 은재 이야기와 잊고 싶은 과거의 고통이 떠오를 것이다. 수인은 이제 막 시작된 관계를 자신의 과거 때문에 어그러뜨리고 싶지는 않았다. 단아에겐 그저 현재의 모습을 있는 그대로 보이고 지금 이대로 이해받고 싶었다.

정말 재성을 본 것일까? 그것도 확실치 않았다. 학창 시절 재성은 체대를 가고 싶어 했다. 그런데 관세사 공무원이라니. 관세사 공무원이면 공항에 올 일이 앞으로도 많을 거였다. 수인은 재성을 보고 왜 자신이 죄인처럼 도망치려 했는지 알 수 없었다. 만약 그 남자가 재성이라 해도 반갑게 아는 체 하기엔 서로 이미 다른 삶을 살고 있었다. 수인은 아니겠지, 혼잣말을 하면서도 어쩌면 재성을 다시 마주칠 수도 있겠다는 생각을 멈출 수 없었다. 재성에게는 그때 수인에게 다 말하지 못한 비난이 남았을까. 수인은 외면했던 기억의 한 장면을 억지로 끄집어냈다.

　중학교 3학년 가을이었다. 전학이 거의 확실해졌을 무렵, 재성이 수인의 아파트 단지 옆 공원으로 찾아왔다. 붉은 단풍이 벤치 위로 어질러져 있었다. 수인은 가끔 공원에서 노는 아이들을 멍하게 보곤 했는데 그걸 재성도 알았다. 사이가 좋을 때 두 사람이 데이트를 하며 적지 않은 시간을 보내던 곳이었다. 대낮의 공원엔 사람이 많았고, 수인은 언제나처럼 공원 중앙 분수대 앞에 앉아 있었다.

　"왜 이수인, 너 혼자 다 뒤집어쓴 것 같아서 억울해?"

　재성은 적당한 거리를 두고 한참을 말없이 앉아 있다가 뜬금없이 물었다. 수인이 아무 말이 없자 다시 재성이 말을 이었다.

　"그러게 왜 그렇게 티를 냈어? 아니 애초에 왜 강은재를……."

　"알고 있었어?"

　"어떻게 몰라. 나는 너한테 고작 알리바이 같은 거잖아. 처음 내 고백을 받아준 거부터 나를 이용하려고 그런 거잖아."

　"재성아, 그건 진짜 아니야……."

　"동성애 찬반 토론 때 무효표 낸 사람 너 맞지?"

"그런 건 누구의 찬성이나 반대를 얻을 일이 아니니까."

"그럼, 그때 강은재가 토론에서 동성이 자신을 좋아한다면 어떻게 할 거냐는 질문에 뭐라고 대답했는지도 기억하겠네?"

"그 이야기가 왜 나와? 재성아. 다 설명할게. 내 얘길 들어 봐……."

"넌 끝까지 이기적이다. 나를 기만한 것에 대해선 일말의 미안함도 없냐? 여자 친구가 다른 여자를 좋아한대. 상황 거지 같지 않냐? 반대의 상황이면 넌 어쩔 건데? 어?"

재성의 목소리와 제스처가 커지자, 수인은 자신도 모르게 움찔했다. 그가 욱할까 봐 주변을 둘러봤다.

"그건, 널 사귄 다음에 알게 됐어……. 최근이야. 널 속이려 고 한 게 아니라고."

"그걸 어떻게 믿어. 난 이제 네가 하는 말 하나도 못 믿겠어."

"내가 어떻게 하면 믿을래?"

"전교생한테 네 입으로 커밍아웃하든가. 네가 그걸 견디고 학교에 나올 수는 있을까? 너는 절대 못 견뎌."

주먹을 쥐고 일어났지만, 다리가 바닥에 붙은 것처럼 움직 이지 않았다. 다리를 꼬고 앉아 있던 재성도 초조해 보이긴 마찬가지였다. 재성과 함께했던 많은 시간이 스쳐 지나갔다. 스킨십을 어려워하는 수인을 이해하려 노력하며 손잡는 것도 조심하던 재성이었다. 등교 전에는 항상 수인네 아파트 단지 근처의 놀이터에 먼저 와서 기다렸다. 아침엔 등교하다가 편의점 컵라면을 먹고 학교까지 걸어가기도 했고, 가만히 있어도 땀이 줄줄 나는 후텁지근한 여름에는 캔모아 빙수가 다 녹을 때까지 서로의 사사로운 고민을 들어주기도 했다. 그런 시간이 쌓여 다시 무기가 됐다. 그 무기는 시간이 흐를수록 단단해져 서로를 향해 겨눠졌다. 더 날카로운 칼날을 쥔 쪽은 재성이었다.

수인은 새로 배치된 수하물 위탁 팀에 이틀 뒤부터 투입될 예정이었다. 다른 팀 동기는 수인에게 전화를 걸어 안부를 묻더니 이틀이나 되는 오프가 부럽다고 말했다. 진심으로 부러운 것 같지는 않았고, 수인 역시 진심으로 듣지 않았다. 전에 같은 조였던 민석도 수하물 위탁 팀으로 이동했다. 그러나 민석과는 이제 조도 다르고 스케줄도 달랐다. OJT 때 수하물 위탁에 대한 교육을 받긴 했지만, 교육과 실전은 다르다. 투입되면 다시 신입의 자세로 배워야 했다. 퇴사할 때까지 혼자만의 투쟁을 이어갔던 미애 선배가 생각났다. 업무가 과제처럼 느껴졌다. 마음이 뒤숭숭했다. 단아와 같은 마음이라는 사실만으로도 벅차고 행복해야 하는데 그러지 못하는 상황에 조금 울적해졌다.

단아가 퇴근하고 간단하게 짐을 꾸려 늦은 밤에 도착한다고 문자를 보내왔다. 수인은 마음을 진정시키려고 대형마트에 들러 단아와 함께 쓸 물건들을 준비했다. 빨리 실감하고 싶었다. 수인은 단아가 쓸 수납장을 마트에서 배달로 주문했고, 단아의 칫솔과 베개는 물론 맥주와 간식거리를 사놓았으며, 오랜만에 대청소도 했다. 평소엔 쌓아두기만 하고 딱히 정리의 필요성을 느끼지 못했는데 기왕이면 더 깔끔한 모습으로 단아를 맞이하고 싶었다.

자정이 되기 직전, 작은 캐리어에 필요한 짐을 단출하게 담아 온 단아가 수인이 준비해 둔 것을 보고 잠시 당황하더니 얼마가 들었냐고 물었다. 수인은 단아에게 받을 생각으로 산 게 아니었기 때문에 괜찮다고 말했다.

"내가 미안해하는 걸 즐기는 게 아니라면, 앞으로 내 물건 살 때는 미리 말해주면 좋겠어. 나한테 이미 있거나 필요 없는 물건일 수도 있잖아."

"응. 그럴게. 근데 내가 사고 싶은 건 안 써도 되니까 못 사게 하진 않았으면 좋겠어. 주고 싶은 마음도 존중받고 싶어."

"…그래."

한참만의 대답이었다. 단아의 표정이 부드럽게 풀렸다. 수인의 의도와 다르게 작은 오해로 번질 뻔했지만 잘 넘어갔다. 천천히 짐을 푸는 단아를 보면서 수인은 내일 하루를 온전히 같이 보낼 수 있다는 사실이 실감 났다. 정리를 다하고 지쳐서 함께 누웠지만, 서로 한참 아무 말이 없었다. 수인은 단아와 함께하는 시간에도 불쑥 베니와 재성에 대한 불편함이 생겼다가 사라졌다. 수인은 단아의 손가락을 만지면서 한참 만에 입을 열었다.

"단아야, 나 퇴사할까?"

"베니 때문에 퇴사하는 거면 네가 교육에 들인 시간도 있고, 다시 일자리도 알아봐야 하고 이래저래 손해야. 잘못도 없는데 퇴사하는 거 억울하지 않아?"

"아니, 뭐 그렇게 억울하지는 않아. 이쪽 일이 힘들기도 하고, 나는 영종도 와서 널 알게 된 것만으로 충분해."

단아가 손을 뒤로 빼며 수인을 바라봤다. 쓸쓸한 눈빛이었다. 화난 것도 같았다. 이런 반응을 기대하고 한 말이 아니었던 터라서 수인도 당황스러웠다. 자신을 한심해하는 단아의 눈빛에 수인은 그저 응석 부리는 어린애가 된 기분이었다.

"그냥 해본 말이야. 신경 쓰지 마. 우리 내일 뭐 할래? 파라다이스 호텔 놀러 갈까?"

수인의 말에 단아는 조용히 고개를 저었다. 그러다 뭔가를 골똘히 생각하더니 긴 침묵 끝에 말했다.

"정 바람 쐬고 싶으면 내일 오후에 용유도에 있는 선녀바위 해변에 가자."

수인은 영종도 살면서 선녀바위 해변을 한 번도 못 가봤다. 단아는 가슴이 답답할 때면 종종 버스를 타고 가서 밤이 될 때까지 앉아 풍광을 바라본다고 말했다. 수인은 단아의 이야기를 가만히 듣는 게 좋았다. 두 사람은 어느새 다시 손을 잡고 있었다.

◆ ◆ ◆

눈 앞에 수평선이 시원하게 펼쳐졌다. 해변 주변에는 뾰족한 기암괴석들이 산과 어우러져 있었다. 아무렇게나 놓인 방파제는 어딘지 감각적인 조각품 같았다. 선녀바위 해변은 막연하게 생각했던 것보다 더 좋았다. 밤이 되면 주꾸미나 조개, 골뱅이를 해루질하려고 외부 사람들이 몰렸지만, 낮에는 비교적 한적한 편이었다. 적당한 바람이 불고 하늘이 맑았다. 새로운 공간에서 함께 걷고 있으려니 괜스레 단아의 손을 잡고 싶었다. 수인은 몇 번이나 단아의 손이 휴대전화로부터 자유로워지길 바라면서 주머니에서 손을 뺄지 말지 고민했다.

"손 잡아도 돼?"

수인이 열 번 만에 용기를 내어 작게 물었다. 단아가 주위를 둘러봤다. 단아는 주변에 사람이 없는 걸 보고 나서 주머니에 휴대전화를 넣고 손을 줬다.

"깍지는 안 돼."

수인은 단아가 지나치게 남을 의식하는 게 좀 서운했지만, 평소 단아의 조심성을 생각하며 이해했다. 두 사람은 조금 걷다가 해변이 잘 보이는 곳에 돗자리를 펴고 앉았다. 둘은 무릎을 껴안고 앉아서 멍하니 해변을 바라봤다. 수인은 단아가 혼자 와서 무슨 생각을 하다가 돌아갔을지 짐작이라도 해보려고 단아의 옆모습을 보았다. 바람 때문에 시야가 가려지자, 단아는 까만 중단발 생머리를 계속 쓸어 넘겼고, 그때마다 레인 머스크 향기가 옅게 풍겼다. 수인이 단아 몰래 챙겨 온 과자와 음료를 가방에서 꺼내자, 단아가 '당 중독 이수인이 어디 가겠냐' 말하며 다정하게 웃었다. 인상이 부드럽게 풀리는 단아의 얼굴을 잠시 바라 보았다. 웃을 때 크게 휘어지는 단아의 눈매를 보면서 수인은 행복에 가까워진 기분이 들었다. 무엇보다 밤이 늦어도 단아와 헤어지지 않고 함께 집에 갈 수 있다는 사실이 기뻤다.

"단아야, 우리 선녀바위 해변에서 소원 빌자. 그러면 소원

이뤄진대."

"에이……. 나는 그런 거 안 믿어."

"저기 바다 쪽으로 돌출된 암석 모양을 자세히 봐봐. 모양이 딱 기도하는 여인 같잖아. 뭔가 신빙성 있지 않아? 여기 슬픈 전설도 있다던데 그건 잘 모르겠다."

"괜한 의미 부여하지 마. 깨진 사랑 때문에 여인이 투신하고 뒤늦게 후회한 남자가 시신을 묻어준 게 뭐가 슬퍼? 나쁜 거지. 뒤늦게 후회하고 묻어주면 죽은 사람이 살아 돌아와? 떠난 사람은 그냥 떠난 사람인데. 뛰어내린 곳을 선녀바위라고 치장해서 부른다고 뭐가 달라지냐고."

갑자기 흥분해서 말하는 단아를 보며 수인이 웃었다.

"단아야. 너 은근히 비관적이다. 이뤄지지 못한 사랑은 슬프잖아. 이 세상에 후회 없이 사랑하는 사람들이 있긴 할까?"

"없지. 단지 후회 없이 사랑하는 시간만 있는 거겠지. 아무리 그래도 저 선녀바위 전설은 너무 미화된 이야기야. 진정성이 안 느껴지고 감동을 억지로 주입하는 느낌이랄까?"

"근데 단아 너는 이런 이야기 관심 없다면서 나보다 선녀바위 전설을 더 잘 알고 있네? 신기해."

수인이 쿡쿡거리며 웃자, 단아가 괜히 목을 가다듬었다. 단아가 당황하거나 민망할 때 보이는 반응이었다. 단아가 다짜고짜 자신의 두 손을 맞잡고 기도를 시작했다. 수인은 단아의 눈 감은 모습을 보다가 따라서 기도했다. 감은 눈꺼풀에 잔잔하게 스치는 바람의 결이 느껴졌다. 수인은 단아와 함께하는 모든 순간엔 내일이 없을 것처럼 사랑하게 해달라고, 단아의 마음이 언제까지나 자신과 같은 방향이게 해달라고 기도했다. 기도를 하면서도 애초에 기도라는 건 이뤄지기 어려운 일이기 때문에 행하는 것이 아닌가 생각했다. 단아는 눈을 감고 무엇을 바랐을까. 궁금했지만 단아는 끝내 말해주지 않았다.

노을이 주홍빛으로 지면서 비행운이 나타났다. 두 사람의 손은 살포시 포개져 있었다. 수인과 단아는 수평선을 보면서 자질구레한 이야기를 나눴다. 단아의 인색한 집주인 이야기, 베니의 영상과 댓글들, 횟집 갔던 날 못 한 이야기, 앞으로 생활비를 어떻게 나누면 좋을지 같은 것들이 끊임없이 흘러나왔다. 크게 말하지 않아도 들을 수 있는 거리에 앉아서 생각의 흐름에 맥락을 맞추었다. 조잘조잘 말하는 단아의 모습과 노을빛을 그대로 흡수하는 물빛, 물에 젖은 바위의 반짝임, 그 모든 게 수인에게는 완벽하게만 느껴졌다. 이대로 시간이 멈추면 좋겠다고 수인은 자신도 모르게 기도했다. 생각보다 쉽게 저물지 않는 노을을 바라보면서 좀 더 함께하는 미래 쪽에 마음이 기울었다. 어느 순간 서로에게 존재하던 무게가 새롭

122

게 만들어진 제3의 에너지로 합일되는 느낌이 들었다. 누구의 힘도 아니지만 사실은 두 사람 모두의 힘이라는 것을 수인은 어렴풋이 알았다.

그날 밤부터 두 사람의 비행은 본격적으로 시작됐다. 첫 주는 이륙하는 데 정신이 없었다. 그럴싸한 예고도 없이 상공으로 떠오른 비행은 일상을 황홀하게 만들기 충분했다. 단아와 매일 함께 밥을 먹고, 함께 잠이 들었다. 빨래와 분리수거는 모았다가 한 번에 해결하자는 수인과, 바로바로 빨고 버려야 한다는 단아의 신조 때문에 얼마간 충돌이 있었지만, 서로 절반씩 양보해서 둘만의 규칙을 만들었다. 함께 생활하다 보니 알게 된 단아의 습관들, 가족의 연락을 두 번에 한 번은 피하는 단아의 모습을 보면서 수인은 단아가 짊어진 짐을 조금이라도 나누고 싶다고 생각했다. 같이 지내면 지낼수록 어쩌면 단아와 함께 아주 긴 비행을 하게 될지도 모르겠다는 희망이 피어올랐다.

"단아야, 그냥 우리 같이 살까?"

"또 그 얘기야?"

"왜, 진지하게 생각해 봐. 나는 요즘 살맛이 난다는 기분이 뭔지 알 것 같아."

단아가 피식 웃었다. 수인은 그 미소만으로도 자신이 행복해질 수 있다는 데 놀랐다. 수인은 앞에 단아가 개어둔 빨래를 헤치고 다가가 단아를 꽉 껴안았다. 단아가 빨래 조심하라고 잔소리했지만, 둘에게 빨래 따위는 이제 아무런 문제가 되지 않았다. 개 놓은 빨래를 뭉개면서 두 사람은 성실히 하고 싶은 걸 했다. 정직하게 흐르는 시간만이 유일한 문제라면 문제였다. 보름이 지나고부터는 감미로운 일상에 중독되어 단아네 집 공사가 끝날까 봐 두렵기 시작했다. 그저 밥 먹고 출근하는 모든 평범한 일상이 코팅지를 덧바른 듯 빛나고 단단해지는 기분이 들었다. 퇴근하고 들어오면 기다리는 누군가가 있다. 같이 사는 동거인의 흔적은 삶에 훈기를 더하기 충분했다. 수건에 붙은 단아의 머리카락 한 올만으로도 수인은 함께 사는 것을 실감했다. 서로를 기다리고, 함께 저녁을 먹고, 내일 다가올 사소한 걱정을 이야기하다가 함께 잠들 수 있는 사람이 있다는 것. 그 사람이 단아라는 사실은 얼른 집에 가고 싶다는 열망을 부추겼다. 단아의 잔소리조차 함께 있으니 들을 수 있는 특별한 멜로디처럼 느껴졌다. 수인은 회사에서 속상하거나 억울한 일이 생기더라도 '나에게는 단아가 있으니까 다 괜찮다'라고 되뇌었다. 수인의 일기에 한 줄은 반드시 단아의 이야기로 장식되었다. 매일매일 단아 이야기를 적어도 부족한 느낌이 들었다. 단아에 대해서 매일 새로움을 느끼는 것은 아니었다. 하지만 발견되는 기쁨의 양상은 매일 조금씩 달랐다. 수인은 미묘하게 달라지는 자신의 기쁨을 포착하는 일이 즐거웠다. 단아를 삶 속에 한 줄씩 쌓아 올리는 일은 사랑의 실을 한 겹씩 두껍게 꿰매는 기분을 느끼게 하기에 충분했다. 단아가 밥 먹을 때 입을 다물고 양쪽으로 고루 씹는 버릇도, 양치할 때 물을 꼭 묻히는 습관도, 몸에 밴 일상의 부지런함이나 식재료를 보관하는 지혜까지도 다 현명하고 듬직해 보였다. 가끔 단아는 오래 침묵하는 것으로 어떤 감정을 표현했지만, 끝내 그 감정의 정체에 대해 말해주지는 않았고, 곧 아무렇지 않게 돌아왔다.

"나는 좋아하거나 싫어하는 것에 대해 말하는 것을 좋아하지 않아."

"왜? 좋은 거 싫은 거 다 말하면 서로 조심하거나 챙겨줄 수 있잖아. 단아야, 근데 그거 알아? 너는 좋아도 좋다고 안 하고, 싫어도 싫다고 말 안 해도 표정에서 다 티 난다?"

"내가?"

"응. 난 좋으면 좋다고 말하는데 너는 뭔가 좋다고 말하는 걸 참는 것 같아."

"감정은 계속 변하는 거잖아. 그건 그렇고, 그래서 수인이 넌 내가 좋다는 말을 그렇게 늦게 했어?"

"난 영영 말하지 못할 줄 알았어. 내 감정으로 누군가 상처 받는 건 싫으니까. 근데 그날도 참고 말하지 않았다면 난 분명 후회했을 거야."

"많고 많은 사람 중에 왜 내가 좋아?"

갑작스러운 단아의 질문에 수인은 오랫동안 답을 하지 못하고 단아의 애먼 손목만 장난치듯 만졌다. 부드럽고 새하얀 손목은 맥을 찾으려 방황하는 수인의 손가락에 의해 연분홍빛이 감돌기 시작했다. 왜일까? 수인은 단아가 그 질문을 하려고 언제부터 뜸을 들이고 몇 번을 망설였을지 추측해 보았다. 그러는 동안에도 두 사람은 끊임없이 자잘한 스킨십을 나누고 있었다. 작은 전기가 통하자, 처음으로 마음이 통했던 밤이 다시 생각났다. 손끝에서부터 온기가 전해졌다. 그런 소소한 스킨십은 둘만의 소리 없는 대화이고 동시에 확신이었다. 여전히 너를 좋아한다는 대답 같은 것.

"지금 대답해야 해?"

단아를 답답하게 하려고 대답을 미룬 건 아니었다. 밀고 당기기 그런 것은 더더욱 아니었다. 매사에 진지한 모습이 솔직해 보였고, 그렇게 관심이 생기고 나니 모든 행동이 좋아 보였다. 그러다가 점점 단아와 닮고 싶어 하는 자신을 발견했다.

그때 느낀 호감이 단순히 인간적인 호감이 아니라는 것을 수
인은 직감적으로 알았다. 그러니까 왜 너였냐는 질문은 애초
에 전제가 잘못되었다. 왜 먹냐, 왜 자냐, 왜 사냐는 말처럼
why가 붙어서 어색해지는 문장 같은 것이었다. 그냥 어쩔 수
없는 것. 둘의 관계는 어쩔 수 없음, 그 자체였다. 살아야 하니
어쩔 수 없이 밥을 먹고, 잠이 오니까 자고, 세월이 흐르니까
살 듯. 계속 보니까 좋았다. 아니 좋아서 계속 본 건가? 수인
에게 단아는 그랬다. 그래도 굳이 이유를 찾아보자면 뭐가 있
을까. 한참 생각을 다듬고 있는데 손가락 끝이 단아의 맥박에
맞춰 뛰었다.

"아니, 안 해도 돼."

단아는 다른 손으로 수인의 팔을 잡아끌었다. 장난치던 손
을 빼내려는 것인 줄 알았는데 엉뚱한 곳에 힘을 주고 있던
수인이 중심 잡기에 실패하면서 자연스럽게 단아의 품에 안
겼다. 연결 동작처럼 둘의 몸은 휘청거리면서 침대에 나란히
눕게 되었다. 누구도 어색해하거나 먼저 몸을 일으키지 않았
다. 단아가 슬픈 눈으로 미소를 지었다. 단아 눈에 비친 자신
은 어떤 표정일까 궁금했다. 시간이 많이 지났지만, 수인은 여
전히 단아의 눈을 정면으로 마주 보지 못했다. 푸른 핏줄이
보일 만큼 새하얀 단아의 볼만 바라볼 뿐이었다. 수인의 고개

가 자연히 아래로 내려갔고, 단아가 고개를 올려 수인의 한쪽 눈에 짧게 입을 맞춰줬다. 수인의 눈썹이 작게 떨려왔다. 그러자 단아가 감겨 있던 수인의 눈꺼풀에 한 번 더 키스했다. 그리고 반대 눈에, 이마에, 코에, 입에……. 질문 놀이는 그렇게 끝났다. 수인은 이야기를 아무렇게나 끝맺지 않고 두는 것이 좋았다. 이런 대화는 잠시 구름에 가려 보이지 않는 비행기 같았다. 감촉이나 온도는 비행운처럼 짧게 머물다 사라졌다. 그리고 또 예상치 못한 순간에 어김없이 찾아왔다. 도착하지 않는 비행기는 여전히 상공에 있다. 수인은 이처럼 둘의 끝나지 않는 비행이 좋았다. 옆에 단아만 있다면 상공 어디에 있어도 가장 단단한 땅 위에 있는 것처럼 든든하고 안전한 기분이 들었다. 이 순간은 수인에게 오래 지연되었으면 하는 비행이었고, 그때까지만 해도 자신에게 불어닥칠 난기류쯤은 얼마든 감당할 수 있다고 믿었다.

시간이 흐르면 지금의 감정이 후회로 변할 수도 있다. 어쩌면 가장 소중한 기억 때문에 나머지를 감당해야 할 날이 후불로 청구될지도 모른다. 엄마에게 사랑받고 싶었던 마음이 커져 결국엔 버림받았던 것처럼 단아의 삶에 원치 않는 일은 늘 갑자기 일어났다. 단아가 생각하기에 수인과 함께하는 요즘은 일생에서 얼마 없는 행복한 축에 속했다. 수인과 쌓아가는 몽환적인 일상이 나중에 힘든 순간 꺼내볼 수 있는 적금 같은 것이라 여겼는데, 어쩌면 점점 고금리로 불어나 결국엔 반환해야 할 부채가 될지도 모르겠다는 생각이 들었다. 단아의 인생에 대가 없는 평화는 없었다. 행복할수록 불안했다. 그래서일까? 꿈에 엄마가 자주 나왔다. 엄마는 세상 행복한 미소로 웃고 있었다. 같이 살았을 때 저런 미소를 본 적이 있던가. 단아는 꿈에서도 엄마를 원망하고 질책했다. 적어도 자신 앞에서는 그렇게 행복하게 웃으면 안 되지 않느냐고, 가차 없이 버린 일을 벌써 잊은 거냐고, 엄마가 어떻게 자식에게 그러냐고 흐느끼기도 했다. 단아의 소리는 닿지 못하고 호수에 파문이 일 듯 방사형을 그리며 꿈속에서 튕겨 나왔다. 이제는 단아도 같은 성향을 지닌 사람끼리 만나기가 얼마나 힘든 일인지 안다. 그렇기에 엄마도 그때 그런 선택을 한 거겠지. 수인과 관계가 깊어지면서 단아는 만약 과거로 돌아간다면 엄마의 선택을 조금은 더 성숙하게 받아들일 수 있을지 생각했다. 남들 앞에서는 괜찮은 척했지만 사실은 전혀 괜찮지 않았던 날들을 조금은 수용할 수 있을까. 아무 일 없는 듯 행동하는 단아를 동네 사람들은 어른스럽다고 했지만, 그들은 틀렸다. 단아는 누구보다 엄마라는 존재를 원했고, 살아오는 내내 원망했다. 그리고 결국 그 나이에 마음이 갇혀 더는 자라지 못하게 되었다.

엄마와 아빠가 대외적으로는 장기 해외 출장을 다녀온다고 말하고 실제로는 집을 나갔을 때, 동네 어른들은 '염려'로 가장한 '염탐'을 위해 돌아가며 단아의 집에 방문했다. 사람들은 반복되는 할머니의 넋두리를 들었다. 동네에서 부모님은 '징헌 것들'로 통했고, 단아네 남매는 '짠헌 것들'로 통했다. 그게 다였다. 이미 일어난 일은 원하는 방향으로 바뀌지 않았고, 오히려 시간의 흐름을 좇아 정신없이 흘러갔다. 부모님은 떠나기 전날 크게 싸웠다. 국내에 없을 테니 찾지 말아라, 집 날려먹은 인간을 뭐 하러 찾겠냐, 당신이 잘했으면 내가 그랬겠냐는 말들이 오갔다. 서로 상대가 먼저 바람을 피운 거라 우겼다. 결국은 가해자 없는 피해자만 둘 남았고, 그들은 서로 더 상처받기 전에 각자의 길을 가는 것으로 결론을 냈다. 두 사람이 상처로부터 자유로워진 그날, 단아는 상처 총량의 법칙을 믿게 됐다. 상처는 사라지는 게 아니라 살짝 옆으로 이동하는 거라는 것을. 그날 단아는 옆에서 잠든 어린 동생을 봤다. 동생의 속눈썹이 촉촉하게 젖은 채 파르르 떨리고 있었다. 동생은 잠들 때까지 한 번도 눈을 뜨지 않았다. 동생이 잠든 걸 확인한 다음 단아도 벽으로 돌아누워 이불을 머리끝까지 뒤집어썼다. 그리고 그날 이후 아무에게도 그 밤에 대해 말하지 않았다. 남매가 모르는 쪽이 낫다고 쉬쉬하는 어른들을 그대로 뒀다. 쉬쉬하는 쪽이 알은체하는 것보다 더 나았다.

"여자가 생겼대. 쉿, 쉿. 애들 안 들리게 조심해."

틀린 말은 아니었다.

"애 엄마가 충격받고 이민 가버렸다며. 애들만 불쌍하지."

이건 좀 틀린 말이었다. 충격을 받은 쪽은 아빠였다. 그리고 밝혀진 엄마의 비밀은 아빠에게 여자가 생겨도 된다는 빌미를 제공해 주었다. 엄마 아빠도 각자 존재하는 한 사람이라는 걸 그때의 단아는 몰랐다. 어쨌든 사람들이 믿고 싶은 대로 믿게 두는 것이, 진실을 알게 하는 것보다는 더 낫다고 판단한 것도 단아였다. 엄마가 돌아오길 기대하면서도 티 내지 않았다. 다만, 그렇게 떠나서 얼마나 잘 사는지 한 번은 만나보고 싶었다. 단아가 사람들로부터 감추려고 했던 진실의 끄트머리에 있는 게 엄마의 외도였는지, 자신의 정체성이었는지 알 수 없었다. 단아가 자신을 가둔 건 그때였다. 엄마의 부재와 동네 사람들이 만들어낸 짠한 시선 속에서 빨리 철이 들어 버린 안쓰러운 아이로 살았다. 그 가면 같던 인생은 뒤돌아보니 이미 단아의 피부가 되어 있었다.

"지금 대답해야 해?"

수인은 또 길 잃은 강아지 같은 표정을 지었다. 단아는 수인의 이런 표정 보는 게 좋아서 자꾸만 짓궂은 질문을 했다. 왜 많고 많은 사람 중에 나였냐니. 여전히 수인이 처음과 같은 마음인지 궁금하기도 했지만, 원치 않는 대답에 상처받고 싶지 않아 단아는 미리 두려운 마음의 덩어리를 잘게 쪼개 가볍게 던져 놓았다. 수인의 눈을 마주 보고 싶었다. 손을 만지는 수인의 온기는 그대로인데 자신의 마음만 혼자 냉탕과 온탕을 오가는 기분이었다. 그동안 냉탕이 더 익숙했던 삶이었기에 단아에겐 더 확실한 온기가 필요했다. 표정을 감추고 티 내지 않으려 했지만, 맥박은 눈치 없이 티를 냈다.

“아니 안 해도 돼.”

순간적이었다. 대답하면서 수인의 팔을 장난 삼아 잡아당겼을 뿐인데 수인이 중심을 잃었다. 단아는 수인을 잡아주려다가 같이 누워버렸다. 처음에는 이런 자세만 나와도 고장 난 로봇처럼 뚝딱거렸는데 이제는 자연스럽게 수인에게 가까이 붙었다. 호흡이 엇박자로 나왔다. 수인이 눈을 깜박였다. 오래 눈을 마주치고 싶었다. 마음을 전하고 싶다. 평소에도 수인은 단아와 눈을 잘 마주치지 않았다. 수인은 과감하다가도 의외의 순간에 부끄럼을 탔다. 단아는 수인이 자신을 보면서 무슨 생각을 할지 궁금했다. 수인의 눈두덩이가 아기 피부처럼 부드러워 보였다. 단아가 수인의 왼쪽 눈두덩이에 입술을 가져다 댔다. 얇은 피부막이 부드럽고 뜨거웠다. 눈의 굴곡이 온전히 입술로 느껴졌다. 단아를 잡은 수인의 손에 힘이 들어가면서 눈이 파르르 떨렸다. 익숙해질 만도 한데 매번 당황하고 긴장하는 모습이 신기했다. 온몸으로 사람을 좋아하는 사람. 단아는 수인의 그런 사랑을 자신이 받고 있다는 사실이 가끔 믿기지 않았다. 나를 왜 좋아하냐는 질문은 어쩌면 아무런 의미가 없을지 모른다. 수인은 상대가 확실하게 느낄 수 있을 만큼 사랑을 줬다. 지금 단아는 자신의 마음을 표현할 단어를 다 알지 못한다. 미래에는 두 사람의 이야기도 ‘그렇고 그런 이야기'가 될지도 모르지만, 지금 함께 상공에 있는 느낌, 이 낯선 느낌 하나면 충분했다. 추락도 비행이 있어야만 가능한 거니까. 무음인 단아의 휴대전화에 동생의 이름이 떴지만 단아는 수인 모르게 수신 거부 버튼을 눌렀다. 아직은 현실로 돌아가고 싶지 않았다.

◆ ◆ ◆

단아는 수인과 휴무를 맞춰 1박 2일로 여행을 떠나기로 했다. 집이 아닌 외부에서 함께 잠을 자는 건 처음이었다. 비용적으로 부담이었지만 수인이 하도 노래를 불러서 더 이상 미룰 수 없었다. 숙소는 영종 구읍뱃터 선착장 근처 호텔이었다. 멀리 가지는 못했지만 수인과 알차게 여행 계획을 세웠다. 두 시간 전부터 웨이팅을 걸어야 겨우 먹는다는 유명한 칼국수 집과 관광객들 사이에 소문난 빵이 음료보다 더 맛있다는 카페를 찾았다. 카페 소파에 앉아서 통창을 배경으로 사진을 찍고 놀다가 밖으로 나왔다. 작지만 존재감 있는 물치도와 바다 건너 청라 도시가 보였다. 그 사이에 물이 넘실거리는 모습을 보니 운서에서 영종까지 조금 이동했는데도 먼 곳으로 여행 온 기분이 났다.

다들 어디서 왔는지 가족 단위의 관광객이 많았다. 구읍뱃터 근처에서 사진을 찍는 사람들 속에 수인과의 셀카를 몇 장 남겼다. 만족스럽게 풍경이 담기지 않자 수인은 애써 팔을 더 길게 뻗으려고 끙끙거렸다. 그때 뛰어오던 여자아이가 수인과 단아 앞에서 비눗방울을 불었다. 두 사람의 사진 속에 아이가 날린 비눗방울이 같이 찍혔다.

“애기가 너무 예쁘네요. 몇 개월이에요?”

“34개월이에요.”

“우와, 우리 공주님 벌써 34개월이구나. 그런데 어쩜 이렇게 의젓하지?”

수인이 아이의 눈높이로 쭈그려 앉아 먼저 말을 걸었다. 아이는 비눗방울을 더 크게 불 수 있다면서 다시 한번 수많은 비눗방울을 만들어냈다. 아이의 머리를 쓰다듬으며 웃는 수인의 눈꼬리가 부드럽게 휘었다. 단아가 평소에 좋아하는 수인의 강아지 눈이었다. 그런 수인을 보고 있자니 알 수 없는 감정이 몰려왔다. 수인은 아이를 원할지도 몰랐다. 단아는 그동안 태어나서 행복하다는 감정보다는 태어나서 고생이라는 생각을 더 많이 하고 살아왔다. 가족이라는 것이 모든 사람에게 행복을 뜻하진 않는다는 사실도 어릴 적 이미 깨우쳤다. 단아는 빨리 어른이 되어 자기 혼자만을 책임지고 사는 사람이 되는 것이 꿈이었다. 단아는 어쩌면 자신이 원하는 해방의 삶과 수인이 꿈꾸는 삶의 방향이 전혀 다를 수도 있겠다는 생각이 들었다. 수인은 아이의 가족이 멀어질 때까지 손을 흔들어 보였다. 아이가 간간히 뒤를 돌아보았고, 수인은 아이를 웃게 만들기 위해서 우스꽝스러운 표정을 짓거나 로봇처럼 뚝딱거리는 몸짓을 했다. 까르르 터지는 아이의 웃음을 따라 수인이 웃고 있었다. 단아는 수인의 그 티없이 해맑은 표정을 가만히 바라보았다.

"단아야. 내가 너무 시간 끌었지? 미안, 얼른 우리 레일바이크 타러 가자!"

"아니야. 나 좀 피곤한데 우리 호텔에 가서 쉬자."

"벌써?"

"응. 덥기도 하고, 좀 씻고 싶어."

"그러면 먹을 걸 사서 들어가자."

그렇게 호텔로 돌아왔다. 번갈아 가며 씻고, 잠시 누웠다. 킹사이즈 침대였지만, 두 사람은 싱글 침대에 있을 때와 다름없는 밀착된 자세였다. 지금이라고 미래가 불안하지 않은 건 아니었다. 마음속으로 이번 달 카드값을 헤아리는 것도, 할머니와 남동생에게 부쳐야 할 돈을 계산하느라 잠 못 이루는 밤도, 계약직으로 언제까지 버틸 수 있을지에 대한 불안도 여전히 단아의 몫이었다. 단아가 느끼기에 세상은 아주 느린 속도로 변하는 것 같았다. 한국에서 동성의 사실혼이 인정되어 건강보험 피부양자 자격을 얻은 사례도 있지만, 여전히 동성혼 입장에 대해서 동성혼을 하지 않을 자들끼리 논의했다. 세상은 약자끼리 겨누며 최전방의 약자가 되지 않으려 버티는 정글 같은 곳이었다. 앞으로도 개탄과 극복의 삶은 반복될 것이다. 하지만, 어떤 움직임도 같은 무늬는 아닐 것이다. 단아는 이제 현실적인 것보다 현재를 살아가고 싶었다. 현실적인 데에 묶여 현재를 놓치고 싶지 않았다. 단아는 그저 자신의 현재에 수인이 속한 게 좋았다. 이제 자신의 인생에서 수인을 빼고 생각하는 것이 어려웠다.

"단아야, 나 궁금한 게 있는데."

"뭔데?"

"그때 선녀바위 해변에서 무슨 소원을 빌었어?"

"그건 갑자기 왜?"

"사실 계속 궁금했던 말이야."

"그게……."

단아는 괜스레 손가락으로 수인의 팔꿈치에 원을 그리면서 시간을 끌었다. 단아가 부끄러울 때마다 자주 했던 행동이었다. 그걸 캐치한 수인은 아이처럼 터지는 웃음을 참고 있었다.

단아 역시 수인과 둘만의 신호를 주고받는 기분이 들어 웃음이 났다.

"아, 진짜 뜸 들이지 말고 빨리."

"해피엔딩이 되게 해 달라고."

"응? 뭐를?"

"내가 보는 드라마."

"드라마를 봤었나? 그래서 어떻게 됐는데? 한참 전이니까 이미 종영했을 거 아니야."

"비밀이야. 그러는 너는?"

"치. 그럼 나도 비밀. 근데 힌트는 줄게. 나는 이미 이뤘어."

단아의 팔에 머리를 기대고 누워 있던 수인은 단아의 다른 손을 빼서 다시 꼭 잡으며 웃었다. 일부러 음을 길게 늘여 쓰는 말투가 귀여웠다. 맞잡은 손을 놓고 싶지 않았다. 수인의 손이 단아의 다른 손인 양 딱 맞았다. 따뜻하고 부드러운 촉감이 좋았다. 작은 손에서 끊임없이 움직이는 박동을 느꼈다. 두 사람은 오래도록 서로의 손을 만지작거리며 장난쳤다. 예고 없이 서로의 볼에 입을 맞췄고, 민망하면 다시 시시콜콜한 이야기를 나눴다. 연결된 손의 온기가 단아에게 뭐든 괜찮다는 위로 같았다.

사실 단아는 해피엔딩을 싫어했다. 해피엔딩은 사람을 허무하게 만들었다. 그것은 마치 드라마가 끝난 뒤에 따라오는 NG 영상처럼 '네 맞아요. 다 연극이었어요' 재확인해주고 안개처럼 홀연히 사라진다. 단아는 오늘도 수인과 자신의 결말에 대해서 고민했다. 그동안 단아는 수인과의 관계에서 서로에게 자유로워지든, 아니면 아예 무엇에 도달하든 둘 중 하나의 상태이기를 원했다. 그래야 비로소 어떠한 결말로 향할 수 있다고 믿었다. 그렇지 않으면 다가오는 비극을 피할 수 없을 것이다. 엄마처럼. 서로가 옥죌수록 비극은 더 빨라진다. 하지만 단아는 자꾸만 수인과의 관계를, 결말을 정의하고 싶었다. 엔딩을 빨리 확인하고 싶기도 하고 절대 마주하지 않고 싶기도 했다. 지연된 엔딩의 문턱에 이른 기분에 함께 온 여행에서 혼자인 기분을 느꼈다. 단아는 수인을 힘 있게 껴안았다. 수인은 영문을 모르겠다는 웃음을 지었다. 그렇게 단아와 수인은 깊은 낮잠에 빠졌다.

단아는 그 짧은 사이 꿈을 꾸었다. 수인이 아이의 손을 잡고 사라져 버리는 그런 꿈이었다. 단아가 가지 말라고 붙잡았지만, 수인은 미안하다면서도 아이와 함께 멀리 가버렸다. 그런 수인에게서 엄마의 뒷모습이 보였다. 단아는 뛰어가서 붙잡고 싶었지만 그럴 수 없다는 걸 잘 알고 있었다. 신발이 바닥에 붙어버린 것 같은 느낌이 생생했다. 꿈이라면 당장 깨고 싶었다. 몸이 가위에 눌린 듯 움직이지 않았다. 단아가 속으로 비명을 지르며 눈을 떴을 때 수인은 단아에게 몸을 밀착해 기대어 자고 있었다. 단아가 움직이자, 수인은 부스럭거리는 이불로 몸을 살며시 덮으며 길게 하품했다. 단아는 다시 있는 힘껏 수인을 꼭 껴안았다. 품에 안긴 수인이 얼굴을 비볐다.

저녁 먹기엔 이른 시간이라 포장해 온 베이글과 크림치즈를 나눠 먹으면서 이런저런 이야기를 했다. 단아는 하루치 예산을 잘 쪼개서 쓰고 싶었고, 수인도 다행히 잘 따라와 줬다. 저녁에 조개구이 먹으려던 일정이 있었지만, 단아와 수인은 밖에 나가지 않았다. 낯선 곳에서 갖는 둘만의 시간은 그 자체로 여정 같았다. 베이글을 오물거리며 먹는 수인을 그냥 바라보고 있는데 수인이 대뜸 단아에게 왜 기분이 별로인지 물었다. 단아는 꿈꾼 이후로 계속 불안했던 것을 못 참고 질문하고야 말았다.

"너는 아이를 낳고 싶어?"

"가족을 만들고 싶다는 생각은 들어. 나는 진짜 가족이 없으니까. 물론 부모님이 정말 잘해줬고, 나도 내가 입양아라는 사실을 알기 전까지는 행복했어. 근데 어떤 진실은 모르는 게 약이기도 하더라고. 그 사실 하나를 알게 되었다는 이유로 자꾸만 내가 겉도는 기분을 느끼고, 나를 분리해서 생각하게 돼. 진짜 가족은 안 그럴 거잖아. 나는 내 뿌리를 몰라. 그래서 나를 버린 친부모가 궁금하기도 해. 내가 부모라면 나는 끝까지 책임질 것 같거든. 단아는 어떻게 생각해?”

“부모라면 이래야지 하는 게 참 어려워. 우리가 그 상황이 되어본 것도 아니고, 세상에 좋은 부모만 있는 건 아니니까. 그래도 너희 부모님은 참 좋으신 분들 같아.”

“좋지, 너무. 친부모가 아니라는 사실에 내 삶이 온통 흔들렸으니까. 신생아 때 입양되어서 모르고 있었어. 계속 몰랐으면 좋았겠다고 생각하기도 해. 엄마 아빠는 달라진 게 없었지만 내가 고장 나버렸거든. 나는 아직도 내가 영종도에 올 때 엄마 가슴에 대못 박은 게 생각나. 키워준 은혜를 그렇게밖에 못 갚나 싶고.”

단아는 슬픈 표정이 되어 씁쓸하게 말하는 수인에게 지금 너의 가족이 웬만한 가족보다 더 진짜 같다고 말하려다가 그만두었다. 그건 수인이 되어보지 않고서는 모를 마음이었다. 단아의 가족은 일반적이지 않았다. 모두가 다른 모양으로 조금씩 무거운 존재들이었다. 가족이니까,라는 말로 서로를 구속하면서 상처를 주기도 했고, 책임져야 할 일도 많았다. 자연스럽게 아이 생각은 해본 적이 없었다. 아이를 낳는다는 게 어떤 의미를 갖는지, 자꾸만 현실적인 경제 상황과 미래의 막막함으로만 귀결되었다. 아이에게 미래의 행복을 줄 수 없다면 아이를 낳는 일은 누구를 위한 일일까. 낳고 방치하는 일. 내버려 두는 일. 단아 입장에서는 오히려 자신과 같은 일이 또 생겨서는 안 된다는 생각뿐이었다. 애초에 단아는 남자를 만날 생각도 없었다. 그러니 아이는 당연히 자신의 인생에 없는 과제였다. 하지만 수인은 다를 수도 있었다. 아이를 바라보던 부드러운 수인의 눈빛은 행복해 보였다.

"점점 경제는 나빠지고, 환경은 오염되고, 이전 세대에 대비해서 살기가 더 팍팍해지는데 이런 상황에서 아이를 낳는다는 건 부모의 욕심 아닐까?"

"왜 아이들이 태어나서 불행할 거라고 확신해? 태어나서 행복감을 느끼고 살 수도 있잖아. 난 입양된 줄 몰랐을 때 내가 참 행복하다고 느꼈어. 진짜면 얼마나 더 행복했을까 싶어."

"그야, 행복한 사람만 있는 건 아니니까. 당장 생계를 책임져야 하는 매일이 힘들기도 하고."

"근데 나는 사는 게 좋아. 나를 낳아준 친부모도 원망하지는 않아. 그들이 없었다면 나는 존재하지도 않았을 테니까. 살다 보면 상황과 환경은 계속 달라져. 생계는 당연히 스스로 책임져야지. 그건 추후의 일이고 각자의 몫인 것 같아."

“환경……..”

단아는 단번에 가정환경이 연상되어 버리는 자신이 싫었
다. 경제적으로 풍요롭고 부모의 양육을 충분히 받을 수 있는
환경, 골칫거리가 아닌 환경을 만들어주는 게 다른 사람에게
는 숨 쉬듯 당연한 말인가. 자신은 행복을 갖기보다 불행을
막기 위해서 살았다는 말이 나오려는 것을 겨우 참았다. 역시
풍요로운 환경에서 자라면 그런 여유로운 생각도 가능한 건
가? 단아는 수인의 대수롭지 않다는 듯한 말에 혼자 긁히는
자신의 마음을 헤아릴 도리가 없었다. 만약 자신이 수인의 양
부모에게 입양되었다면, 그랬다면 자신도 수인처럼 생각할
수 있었을까? 수인은 아이가 있는 미래를 많이 그려본 것 같
았다. 그 느낌은 어쩐지 단아를 공허하게 만들었다.

“아이는 어떻게 가져? 혼자 가질 수 없잖아.”

“말이 그렇다는 거지. 나는 사실 단아만 있어도 충분해.”

수인이 장난으로 어색해진 공기를 무마하려고 애썼다. 단
아는 애써 웃어 보였다. 수인이 동성인 자신을 사랑한다는 사
실은 변함이 없어 한편으로는 안심이 됐다. 단아는 빨리 머릿
속을 맴도는 악몽이 사라지길 기다렸다. 한시름 놓은 단아는
손에 들고 먹지 않던 베이글을 베어 물었다. 촉촉했던 베이글
이 조금 질겨져 있었다. 단아는 평소보다 크림치즈를 듬뿍 바

르면서 이렇게 하면 티도 안 난다고, 그러니 다 괜찮아질 것이라고 생각했다. 진작 다 먹은 수인이 단아가 먹는 모습을 바라보며 단아의 말에 집중하고 있었다. 그러면서도 크림치즈를 단아 쪽으로 더 밀어주고 단아의 음료 컵 표면에 생긴 물방울을 닦아주었다. 단아는 자신에게 상체를 기울이며 집중하는 수인의 모습에 안도감이 들었다. 단아는 여전히 불안을 찾아 다니는 자신을 작게 책망하며 이번에는 진실로 웃어 보였다. 행복할수록 불안한 자신을 이해할 수가 없었다.

여행 첫날 밤이 순조롭기를 바랐다. 예고 없던 낮잠에 저녁을 먹으러 가기가 애매해져 수인은 간단히 샐러드를 주문했다. 그때까지만 해도 저녁 이후에 함께 씻고, 다음 날 일정을 얘기하다가 함께 잠이 들어야 했을 평범한 여행 첫날 밤이었다.

샐러드를 거의 다 먹었을 때 단아의 전화가 울렸다. 가족의 연락 같았다. 단아는 받지 않았다. 수인은 내일 아침 일찍 영종에서 유명한 소금빵을 사러 가자고 말했다. 점심때 카페를 다녀온 뒤부터 표정이 어두웠고, 낮잠 이후에는 무거운 이야기를 조심스레 꺼내던 단아였지만, 이제는 마음을 푼 듯 보여서 내심 기분이 좋았다. 이 분위기를 몰아서 수인이 왜 그 소금빵이 유명한지 다시 이야기를 시작하려는데 단아의 휴대전화에서 또 진동이 울렸다. 단아는 휴대전화를 들고 테라스 문 밖으로 나가서 조용히 전화를 받았다. 단아의 비밀스러움이 조금 속상했지만, 수인은 티 내지 않으려 안쪽을 향해 양해의 눈빛을 보내는 단아에게 연신 고개를 끄덕였다. 테라스 창문 너머로 단아의 심각한 표정이 보였다. 순간 괴로움을 삼키는 듯한 표정에 수인까지 심장이 철렁 내려앉았다. 단아는 전화를 끊고도 한참 있다가 안으로 들어왔다.

"수인아, 미안한데 나 내일 아침에 병문안 좀 가야 할 것 같아. 예전 직장 동료가 좀 많이 다친 것 같아."

"그때 아르바이트했다는 곳? 화재 난 공장?"

"아니. 고등학교 때 일했던 공장."

"고등학생 때 일을 했었어? 누가 다쳤는데?"

단아는 곤란한 표정이었다. 수인은 비밀스러운 단아가 답답했다.

"너는 말해도 모를 사람이야."

말하고 싶지 않은 것이라고, 수인은 생각했다. 단아는 자신을 드러내는 법이 없었다. 어떤 사이길래 이렇게 다급하게 병문안을 가야 한다고 하나 싶어 수인은 조급했다.

"단아야, 우리 여행 중이잖아. 나중에 가면 안 될까? 어떻게 맞춰서 온 여행인데."

"사람이 다쳤다니까? 여행이야 나중에 다시 오면 되잖아."

단아는 살짝 질린 표정이었다. 단아에게 이 여행은 아무것도 아닌 걸까? 사람이 다쳤다고 하니 얼마나 다쳤는지 물어보는 게 먼저일 수 있었다. 하지만 수인은 억지를 부리고 싶었다. 아무리 자신이 형편없는 사람처럼 보일지라도 단아의 휴무가 끝나는 내일까지는 여행을 잘 마무리하고 싶었다. 어떤 경우라도 자신을 먼저 선택해 주길 바랐다. 하지만 그 마음이 비좁아 보여 입 밖으로 낼 수는 없었다. 수인은 자신도 모르게 낮은 어조로 말이 튀어나왔다.

"네가 하루이틀 늦게 간다고 달라지는 건 없잖아."

"나는 이 친구한테 하루이틀 늦는 게 아니야."

"무슨 뜻이야?"

"이미 많이 늦었을지도 몰라. 내가 적극적으로 같이 퇴사하자고 했다면 이런 일이 없었을지도 몰라. 나는 나만 도망치기에 급급했어. 종종 연락이 왔는데, 그때마다 내가 먹고살기가 바빠서 외면했어. 그게 구조 요청이었는지도 모르는데 내가 피해서 이런 일이 생긴 것 같아."

"과몰입하지 마. 왜 그렇게 너랑 결부시켜서 생각해? 둘이 무슨 특별한 사이라도 돼?"

"뭐? 그 애가 나는……."

단아의 말문이 막혔다. 수인은 단아가 자신이 아닌 타인에 의해서 이렇게 감정이 요동치는 게 속상했다. 단아는 현재 회사에서도 사적인 관계를 만들지 않았다. 그런데 과거의 공장에서는 달랐던 걸까? 수인은 단아를 물끄러미 바라보았다. 단아가 느끼는 감정이 어떤 종류의 것인지 가늠이 되지 않았다. 자꾸만 수인은 자신도 모르게 단아의 문장을 머릿속으로 완성해 보았다. 그 애가 나는 애틋해. 그 애가 나는 신경 쓰여. 그 애가 나를 좋아했어. 난데없이 날아든 전화 한 통에 모든 것이 깨져버린 기분을 떨쳐내기가 힘들었다.

"단아야, 친구가 다친 건 분명 안타까운 일이지만, 그건 그 친구의 몫이야. 네가 간다고 당장 해결해 줄 수 없는 일이라고. 그리고 다른 곳이 아닌 그 공장에 남은 것도 그 친구의 선택이야."

"수인아, 너는 곧 공항 자회사 정규직이 될지도 모르니까 그렇게 말할 수 있지. 어디에서든 돈을 벌어야 하는 계약직인 사람들이 갖는 불안을 너는 평생 모를 거야."

단아가 말로 선을 긋고 있었다. 수인은 단아가 자꾸만 자신을 어린아이 취급한다는 느낌이 들었다. 수인은 단아야말로 치우친 생각을 하는 것 같았다. 이번만큼은 수인도 어중간히 수긍하고 이해하는 척 바보처럼 넘어가고 싶지는 않았다.

"그래. 네 말대로 그 친구 계약직으로 입사하는 조건인 거 알고 선택한 거잖아. 아니면 더 공부하고 노력해서 정규직으로 갔어야지. 빠르게 취업하고 싶어서 계약직으로 취업해놓고 정규직 처우해 달라고 하면, 그건 그것대로 정규직에게 역차별 아니야? 회사도 시스템이고 전체 구조와 체계가 있는데 평등하게 대우하면 그건 오히려 더 오랜 시간 투자하고 노력해서 들어온 사람들에게 불공평이지. 이미 구축된 시스템을 한 번에 바꾸기보다는 개인의 노력치를 올려서 자신의 위치를 바꾸는 게 먼저 아닐까? 안 그래?”

단아는 놀란 표정으로 한동안 말이 없었다. 그러고는 고개를 절래절래 저었다.

“개인의 노력만으로는 안 되는 것도 있어. 수인아, 너랑 이야기하면 자꾸만 벽을 보고 얘기하는 기분이 든다. 그만하고 자자.”

“그래서 내일 어떻게 할 건데?”

수인이 재차 물었지만, 단아는 이미 테이블 위를 정리하고 있었다. 그리고 대답도 없이 욕실로 들어갔다. 수인은 단아의 의중을 알 수가 없었다. 혼자 심각해지고 관계에 자꾸만 균열을 내는 것 같았다. 단아가 자신과 함께하려고 더 노력하지 않는 것 같았다.

‘내가 더 좋아하니까. 내가 버림받을까 봐 무서워하니까. 그걸 잘 아니까.’

수인은 자동 사고를 멈출 수 없었다. 단아의 씻는 소리를 들으면서 멍하니 앉아만 있었다. 수인은 이번 여행이 사소하게 삐걱대던 둘 사이를 더욱 긴밀하게 만들어줄 줄 알았다. 그래서 이 여행을 더 특별히 고대했다. 하지만 서로 언성만

높이게 되었다. 씻고 나온 단아는 먼저 쉴 테니 알아서 씻고 자라며 자리에 누웠다. 같이 있는데도 이미 홀로 남겨진 기분이 들었다. 수인은 힘없이 옷을 들고 씻으러 들어갔다. 수인이 상상했던 저녁은 이게 아니었다. 수인이 욕실에서 나왔을 때, 단아는 곤히 잠들어 있었다. 수인의 자리에서 등 돌리고 누운 채였다.

어디서부터 꼬였을까. 수인은 가방 속에 있는 배스밤을 떠올렸다. 단아와 욕조에서 스파를 하려고 가져온 것이었다. 여행 전날 직접 매장에 가서 여러 향을 맡아보고 신중하게 골랐는데 아무 쓸모가 없어졌다. 침대가 킹사이즈보다 더 넓게 느껴졌다. 단아의 등을 바라보며 수인은 어둠 속에서 새벽까지 뜬눈으로 지새웠다. 내일 아침 단아를 쿨하게 보내줄지, 한 번 더 가지 말라고 절절하게 말해볼지 고민했다. 아무리 이성적으로 생각해 보려고 해도 단아가 결정하고 통보한 사실은 변함이 없어 야속한 마음이 숨겨지지 않았다.

다음 날 아침 단아는 수인이 일어나기도 전에 나가고 없었다. 테이블 위에는 미안하다며 저녁에 보자는 내용의 메모가 남겨져 있었다. 수인은 결국 후순위로 밀려났다는 느낌을 강하게 받았다.

인천국제공항과 내륙을 연결하는 영종대교에 안개가 자욱했다.
차창을 내다봤지만, 짙은 안개로 근거리조차 제대로 보이지 않았다. 단아는 주은을 만나고 돌아오는 길이 길게만 느껴졌다.

처음 주은의 전화를 받았을 때 단아는 주은에게 가야겠다는 마음과 수인과 여행을 제대로 마무리하고 싶은 마음 사이에서 갈등했다. 하지만 수인과 이야기를 나눌수록 마음이 혼란스러웠다. 그래서 도망쳤다. 수인에게 아무것도 강요하고 싶지 않아서. 동시에 아무것도 강요받고 싶지 않아서였다. 수인이 실망할 걸 알았지만 그렇게라도 수인의 마음에 상처를 내고 싶기도 했다. 단아는 수인의 단순함과 대담함에 매번 상처받는 쪽은 자신이라고 생각해 왔다. 단아는 새벽에 수인이 잠든 모습을 한참 바라보았다. 무슨 꿈을 꾸는지 수인은 심각한 표정으로 눈을 감고 있었다. 단아는 조용히 가방을 꾸려서 복잡한 마음으로 호텔 방을 나왔다.

여행을 뒤로하고 나선 길이니만큼 주은에게 실질적인 도움이 되고 싶었지만, 외부인 신분으로서 할 수 있는 일은 많지 않았다. 단아의 방문에 팔과 다리에 깁스를 한 채로 활기를 띠는 주은을 보고 있자니 원인 모를 죄책감과 분노가 피어올랐다. 주은은 과로와 안전장치 부재로 기계에 깔려 왼팔과 다리 한쪽을 동시에 다쳤다. 부식된 기계를 오랜 시간 작동하다가 생긴 산재였다. 하지만 회사에서는 주은의 부상을 단순한 개인의 부주의로 무마하려고 했다. 오히려 병가를 내서 업무에 피해를 준다고 타박했다.

한때 단아는 열심히 해서 정규직으로 전환되겠다고 해맑게 말하던 주은의 순수함을 부러워하기도 했었다. 그런 물들지 않는 마음이 쉽지 않다는 걸 안다. 단아는 자기 발등에 붙은 불을 끄기 바빠 주은까지 신경을 쓸 여력이 없었다. 그런데 공장에서는 계약직인 주은의 순수함을 이용한 것도 모자라 업무 배제 및 불이익을 담보로 엄포를 놓고 있었다. 주은은 부당함과 차별을 겪으면서도 회사 사람들 말에 휘둘렸다. 주은과 수인은 서로 천진함이 닮았지만, 엄연히 다른 차이가 있었다. 수인은 주은이나 단아의 지난한 삶을 이해할 필요가 없는 삶을 살았고, 앞으로도 그렇게 살아갈 거였다. 하지만 단아와 주은은 안정적인 삶에 대한 기약이 없었다. 매번 계약직의 유리천장에 부딪히고, 싸우고 싸워야 겨우 제자리를 지킬 수 있는 생존형 근로자일 뿐이었다. 수인은 이런 건 구조의 문제가 아니라 개인의 문제라고 말할 게 뻔했다. 단아는 그 사실만으로도 수인과 함께할 미래에 결함을 느꼈고, 결국엔 완전히 맞춰지지 않을 것이라는 절망을 느꼈다. 단아는 그동안 주은에게 연장근무와 일감 몰아주기 등 많은 부당함이 있었음을 듣게 되었다. 주은은 자신이 괜한 일을 만들어 일자리를 잃을까 봐 두렵다고 말했다. 단아는 병문안 오는 길에 버스에서 조사한 산재 처리 순서를 주은에게 알려주었다. 좀 복잡하게 느껴지더라도 조금이라도 보상을 받으려면 그게 그나마 현실적인 대안이었다. 주은은 망설이는 것 같았다.

"언니, 그런데요. 잘되면 제대로 된 보상을 받을 수도 있겠지만, 그냥 윗사람들에게 미움만 사고 끝날 수도 있겠죠? 그동안 월급 받고 다니던 회사를 상대로 도전하는 건 조금 불편하기도 하고 무섭기도 해요. 그냥… 누구에게라도 말하고 싶었어요. 제 속사정을 들어줘서 고마워요, 언니."

"말만이 아니라 꼭 해. 나도 방법을 더 찾아볼 테니까. 월급을 받는 쪽이라는 이유로 부당한 대우를 침묵해야 할 이유는 없어. 나도 말이 쉽다는 거 알아. 하지만 계속 다닐 거면 더더욱 목소리를 내야지. 아니다 싶으면 나오는 거고. 네가 있기에 아까운 회사니까. 근데 회사에서 너 다친 거 책임 회피하는 건 정말 생각할수록 화나."

"언니는… 진짜 언니 같아요."

“뭐래. 주은아, 너는 앞으로도 나 말고 정말로 좋은 사람들
과 함께 잘 살아갈 거야.”

“그 사람들이 언니는 아니잖아요.”

“연락도 잘 안 되는데 언니는 무슨.”

“그런 건 상관없어요. 언니는 예전부터 제 이야기를 다 들
어줬잖아요. 첫인상은 차가운 사람 같은데, 은근히 정 많아서
언니가 더 어른스럽게 느껴져요. 막상 사고가 나서 병원에 누
워 있으려니 도움을 청할 만한 사람이 언니밖에 생각이 안 나
더라고요. 언니가 공장을 떠나 어떻게 사는지도 궁금했고요.
그래서 겸사겸사 연락해 봤어요. 언니가 올 거라고 믿었거든
요. 저는 지금도 가끔 기숙사 침대에 누우면 언니랑 이층 침
대에서 주고받던 대화들이 생각나요.”

단아는 주은과 병실에서 했던 말을 떠올리며 해무에서 막
벗어난 영종대교를 차창 너머 뒤돌아봤다. 단아가 건너온 영
종대교는 다시 해무 사이로 모습을 감췄다. 단아는 좌석에 더
깊이 몸을 파묻었다. 주은에게 뭐든 돕겠노라 말했으나, 무엇
을 어떻게 돕는 게 좋을지 알지 못했다. 괜한 말로 순진한 애
를 선동한 건 아닐까, 우발적인 감정을 주입해서 주은을 두
번 상처받게 하지는 않을까 걱정이 앞섰다. 단아는 주은을 보

면 어린 시절 자신이 떠올랐다. 고교 산업체 전형으로 취직한 이후 아무것도 모르는 학생이란 이유로 약자가 되었던 자신을. 여러 사람 몫의 청소를 혼자 해내면서 몸 어딘가에 밴 락스 냄새 때문에 잠 못 이루던 날들을. 그저 열심히만 하면 가난에서 벗어날 거란 희망을 품었던 어리석은 모습까지도.

단아가 고교 산업체 전형으로 채용이 확정되자 담임 선생은 단아에게 칼국수를 사줬다. 담임은 식당 주인에게 뜬금없이 단아의 취직을 자랑하며 기어코 해물파전 한 장을 서비스로 받아냈다. 칼국수의 면을 끊지 않으려 고개를 숙이고 면을 한 번에 빨아 넣던 그는 겉절이를 젓가락으로 집어 들며 말했다.

"단아야. 너는 진짜 앞서가는 거야. 일반 직장인이 십 년을 다녀야 받을까 말까 싶은 연봉을 벌써 받는 거잖아. 몇 년만 일하면 너희 집 형편도 나아질 거고, 네가 하고 싶은 일들 다 이루면서 살 수 있어. 옛날도 아니고 대학에 가면 뭐 하니? 요즘 취업도 어려워서 휴학하고 시간제 아르바이트하며 사는 학생들 수두룩해. 그러니 네가 백배 현명한 선택을 한 거다."

담임은 말하다가 흘러나온 칼국수 면을 급히 티슈로 훔치며 말했다. 단아는 젓가락만 들었다 놓으며 담임이 말한 일반 직장인의 기준이 무엇인지, 3교대 생산직 근무자와 견줄만한 업무 강도인지, 일반 직장인이 선생님을 자칭하는 것이라면 선생님의 급여는 여태 그 정도인지 궁금했지만, 그런 것에 대해서는 묻지 않았다.

"정말 거기서 버는 돈이면 살기 충분할까요? 하고 싶은 일할 수 있을 만큼요?"

단아의 질문에 담임은 화통하게 웃더니 장난스러운 표정을 지으면서 목소리를 낮췄다.

"당연하지. 딴 데로 새지만 마. 갑작스럽게 큰돈이 들어왔다고 명품백 같은 거 사는 사람들 많대. 그런 데에 과소비 안 하고, 주변에 돈 안 빌려주고 묵묵히 모으면 된다. 한 달에 200씩만 모아도 어디냐? 저축하고 남은 돈은 무조건 금을 사라. 한 달에 몇 번은 가족들하고 소고기 외식도 하고, 몇 년 후에는 차도 뽑아서 자가용으로 출근하면 통근버스 안 기다려도 되고 얼마나 멋있냐?"

단아의 급여는 200만 원을 간신히 넘는 수준이었다. 그런데 200만 원씩 저축을 하라니. 담임은 단아의 급여를 빤히 알고 있었다. 알면서도 그런 황당무계한 미래를 늘어놓았다. 단아는 담임이 꿈을 꾸고 있다고 생각했다. 학교에서 여러 학생이 지원했지만, 오직 단아만 입사에 성공했다. 단아는 담임이 시골 학교에 내려와 이룬 첫 번째 실적이었다.

"선생님, 그러면 선생님이 과거로 돌아가면 저와 같은 선택을 하시겠어요?”

담임은 물을 마시다가 사레가 들렸다. 급하게 티슈를 뽑아 입가를 닦으며 담임이 단아를 흘끗 바라보았다. ‘애초에 난 너와 상황이 다르지’라고 말하는 눈빛이었다. 단아가 씁쓸하게 미소를 지으며 젓가락을 내려놓았다. 담임은 회사 구내식당이 학교 급식보다 백배는 맛있을 거라는 둥, 학생이라 조그마한 실수는 그러려니 넘어가 줄 거라는 둥 본인은 알지도 못하고 앞으로도 알 수도 없을 말을 사실인 양 전했다. 담임은 궁금한 점이 있으면 언제든 물어보라고 했지만, 단아는 이제 자신이 속할 세계에 대하여 담임이 아는 것이 없다는 사실을 알고 있었다. 그렇게 단아는 덜컥 사회인이 되었다. 단아는 기업이 원하는 저렴한 노동력이 되었고, 사회인과 학생 어디에도 속하지 못했다. 수능 시험이나 등록금에 대한 친구들의 푸념이 과시처럼 들렸다. 가족을 위한 선택이었지만, 단아의 취업만으로는 오래 묵은 가정의 경제적 문제들이 단번에 해결되지도 않았다. 이런 이야기를 주은과는 모두 공유할 수 있었다.

하지만 수인과는 말할 수 없는 것들이었다. 이 중 일부라도 수인이 공감이나 할 수 있을까? 수인이라면 그럴 바엔 그냥 공부해서 정규직으로 입사하는 게 낫지 않냐고 말할 것이다.

계약직이 힘들면 정규직 되면 된다는 말이 단아에게는 식빵이 없으면 브리오슈를 먹으면 된다는 식의 말처럼 들릴 것이다. 그러면 그런 선택을 할 수 있는 것도 여유라고 반박해야 할까. 거기까진 너무 열등감인가. 단아는 수인과 언쟁하는 모습을 상상하다가 피로감에 고개를 털었다. 언제부턴가 단아는 수인의 답이나 행동을 자신의 상상으로 어림잡아 짐작하기 시작했다. 미래에 일어날지도 모를 일을 현실로 가져와서 속으로 시나리오를 만들어 혼자 겨뤘다. 왜 자꾸 수인의 악의 없는 말에 마음이 불편한지 이유를 알 수 없었다. 단아는 문득 어쩌면 수인이 자신과의 미래까지는 생각하지 않을지도 모르겠다는 생각이 들었다. 단아 역시 수인과 미래에 맞춰 살아갈 모습이 잘 그려지지 않았다. 점점 서로의 영역을 침범할 것 같았다. 단아는 둘 사이가 외부 자극에 무너지지 않을 정도로 견고하다는 것을 확인하고 싶었다. 그러나 수인이 애정 표현을 강요하거나 과소비로 사랑을 측정하려 할 때면 이 관계에 확신이 없는 것만 같아서 마음이 착잡해지곤 했다.

단아가 귀가해서 씻고 나올 때까지 수인은 말없이 침대에 등을 기대고 앉아 베개를 안고만 있었다. 화나지 않은 척하려고 얼굴 근육에 힘을 주는 게 느껴지자, 단아는 한숨부터 나왔다. 그런 단아를 수인이 흘끗 보더니 먼저 입을 열었다.

"왜 전화 안 받았어? 내가 여러 번 했는데, 한 번 정도는 기다리는 사람 생각해서 전화 줄 수 있었잖아."

"뭐가 여러 번이야. 봐. 연속으로 딱 두 번 했잖아. 버스 안이었고, 잘 가고 있다고 문자 남겼으면 됐지."

단아가 휴대전화 통화 목록을 보여주자, 수인의 눈이 매서워졌다. 수인은 잠시 입을 삐죽이더니 낮은 목소리로 말했다.

"단아야. 넌 나를 이수인으로 저장했네."

"무슨 소리야?"

"나는 네 이름 옆에 하트라도 붙여놨는데, 내가 너에게는 다른 사람과 같아?"

"별거 아닌 거 가지고 또 왜 그래. 그냥 저장된 이름일 뿐이야. 처음 본 날 저장해서 그래. 그리고 굳이 오해받을 만한 행동을 할 필요는 없지. 다른 사람들 앞에서 네가 전화라도 오면 이상하잖아."

"무슨 오해?"

"알잖아."

"그게 뭐 어때서? 사실이잖아."

"우리가 생각하는 거랑 남들이 보는 우리 사이는 다르다고."

"그게 창피해?"

"그 말이 아닌 거 알잖아. 말해봤자 손해고, 괜한 소문의 빌미를 만들고 싶지는 않은 거야. 세상이 우리에게 우호적일 거라 믿고 세상물정 모르는 척 어린애처럼 구는 네가 나는 좀 힘들어."

"너랑 나랑 마음이 같지 않은가 보네."

"야! 이수인!"

수인은 이불을 뒤집어쓰고 침대에 등을 돌려 누웠다. 단아는 소리 내지 않고 한숨을 쉬었다. 어항에 구피들이 정신없이 쏘다녔다. 화장대 거울로 지쳐있는 자신을 본 단아는 선 채로 눈을 감고 천장을 보았다. 머릿속에서 수백 마리의 구피 떼가 어지럽게 돌고 있는 느낌이 들었다. 단아는 증명하는 사랑, 표현하는 사랑, 눈에 보이는 사랑, 오히려 그런 게 더 거짓말 같았다. 여기서 말을 안 하면 관계가 틀어질 게 뻔하고, 그러니 수인이 바라는 행동을 해줘야 한다. 단아는 수인이 중과된 업무처럼 느껴졌다. 앞으로 이 관계를 얼마나 이어갈 수 있을까? 단아는 자신의 속마음을 깊이 억누르고 수인의 처진 어깨를 돌려세웠다.

"알겠어. 수인아. 다시 뒤 돌아봐. 연락처 이름 같이 바꾸자. 바꾸면 되잖아. 응?"

수인이 삐죽이는 얼굴로 뒤를 돌았다. 기다렸다는 눈빛. 어르고 달래는 시간. 토라지고 서운해하는 패턴. 그런 반복이 사랑일까? 단아는 알 수 없는 슬픔이 올라왔으나 티 내지 않으려 애썼다. 수인과의 유효기간이 조금밖에 남지 않은 것만 같았다. 서로의 에너지가 조금씩 줄어드는 게임을 하는 느낌이 들었다. 수인은 금세 마음이 풀려서 오프가 겹치는 날 뭐하고 놀지 이야기하자고 했지만, 단아는 그건 그때 가서 정하자고 미뤘다. 편안한 얼굴로 잠이 든 수인을 바라보면서 단아는 한동안 잠이 들 수 없었다.

Turbulence

난기류

공사가 필요한 건 단아의 집뿐만이 아니었다. 수인은 자신과 단아의 관계야말로 보수할 시간이 필요하다고 생각했다. 한 달은 길다면 길고, 짧다면 짧은 시간이었다. 한 달 사이에 인천가좌역 화장품 공장은 다시 재생산에 들어갔고, 크고 작은 사건 사고는 끊임없이 일어나 앞선 사건의 경중을 축소했다. 단아와의 관계도 마찬가지였다. 주은을 만나고 온 뒤부터 자잘한 어긋남이 되풀이되었다. 가끔은 어색한 공기마저 맴돌았다. 사랑을 나누던 공간이 서로를 옥죄는 공간으로 자꾸만 탈바꿈했다. 그래도 수인은 조금만 더 시간이 지나면 갈등이 완만히 풀릴 거라고 믿었다. 하지만 문제는 시간이 없다는 것이었다. 엊그제 짐 싸서 들어온 것 같은데 벌써 단아의 집 공사가 끝났다고 했다. 이제 단아는 수인과 거리를 둘 합리적인 명분이 생겼다. 단아는 지금 무언가 단단히 참고 있는 듯 보였다. 금방이라도 끓어 넘칠 냄비와도 같은 조마조마한 일상이 이어졌다.

단아의 집 공사가 끝나기 이틀 전이었다. 흐지부지된 여행 이후 정말 오랜만에 겹치는 휴무였다. 수인은 긴 주말을 선물

받은 듯한 기분이 들어서 며칠 전부터 설렜다. 이번에야말로 단아와 추억을 만들면서 관계를 잘 지키고 싶었다. 수인은 아침을 먹으면서 단아에게 함께 서울로 나가서 자신이 좋아하는 샤갈의 전시와 킹키부츠 뮤지컬 공연을 보러 가자고 말했다. 나름 자연스럽게 말했는데, 단아는 제대로 듣지도 않고 그런 쓸데없는 곳에 돈 쓰지 말자고 했다. 단아가 단번에 잘라 거절하니 괜히 무안했다. 정적을 뒤로 하고 단아가 말을 이었다.

"그런 비싼 취미에 흥청망청 다 쓰면 돈은 언제 모아?"

"돈 때문이라면 이건 내가 낼게. 단아야, 너도 공연을 보면 이 가격에 봐도 되나 싶을 만큼 만족할 거야. 장담해."

"매번 이런 식이야 너는. 네가 돈 내면 그걸로 문제 해결이야? 다 괜찮아져? 난 이럴 때 네가 정말 무성의하고 무디다고 느껴."

"단아야, 내가 나쁜 의도로 말한 게 아닌 거 알잖아. 나는 너랑 하고 싶은 게 많아서, 그냥 같이 하자는 건데 왜 이렇게까지 예민해? 해보지도 않고 좋은지 아닌지 미리 판단하지 말고 그냥 다 해보면 되잖아."

"다 해본다고? 너는 어떻게 살았는지 몰라도 나는 뭐 하나를 얻으려면 다른 하나는 포기하며 살았어. 다 해보는 건 애초에 선택지에 없는 삶이라고. 너랑 나랑은 사는 게 달라. 왜

166

네 위주로만 생각하고 맞춰주길 바라는 거야? 정 가고 싶으면 너 혼자 가."

수인은 단아가 감정을 참지 못하고 쏟아내는 것을 지켜보았다. 하얗다 못해 푸르스름한 얼굴이 붉게 달아올랐다. 눈가에 힘이 들어갔다. 한심해하는 눈빛. 수인은 할 말을 찾지 못해서 억울함이 차올랐다. 혼자 가라는 말이 이제는 각자 살자는 말로 들렸다. 수인은 필사적으로 단아의 마음을 붙잡고 싶었다.

"알겠어. 안 보면 되잖아. 네가 싫은 일은 안 해. 아니 안 하려고 노력할게."

"나 오늘 좀 나갔다 올게."

"어디?"

"그냥 혼자 있고 싶어."

"왜?"

단아는 대답하지 않고 겉옷을 챙겨나갔다. 준비하고 나간 속도만 보면 이미 나갈 계산을 진작 끝마친 사람 같았다. 결국 그렇게 각자 시간을 보냈다. 금방 돌아올 것 같아 수인은 기다렸다. 두어 시간 지나 단아에게 어디냐고 문자를 전송했다. 단아가 자신을 두고 어디 멀리 떠난 것도 아닌데 마음이 불안했다. 채팅창에는 대답 대신 어울리지 않는 공감 표시가

눌려져 있었다. 질문에 대답하기 싫다는 뜻이었다.

그날 밤늦게 들어온 단아는 인기척을 죽이며 조용히 씻고, 옷을 입고, 멀찍이 이불속으로 들어왔다. 한 침대에 누웠다. 단아의 체온이 잘 느껴지지 않았다. 수인은 단아와 같이 있지만 더 외로워진 기분이 들었다.

"어디 갔다 왔어? 아까는 내가 미안했어. 내 생각만 앞서서 그만."

"아니야. 나도 좀 심했어."

"그래도 우리 여행은 다시 제대로 갈 거지?"

수인의 물음에 단아는 잠시 침묵했다. 수인은 옆으로 돌아서 단아의 배에 팔을 둘렀다. 수인이 옆으로 누우면 단아는 자연스럽게 팔베개를 해서 수인의 목을 감싸줬었다. 매일 수시로 하던 행동이었는데 지금은 경직된 단아의 팔이 수인의 목 사이로 들어왔다. 단아의 형식적인 행동에, 겨우 참고 있던 눈물이 흘러내렸다.

"글쎄, 언젠가 가겠지. 잠깐만, 이수인 너 울어?"

아니라고 말해야 하는데 목이 메어 말이 잘 안 나왔다. 단아가 놀라며 수인의 얼굴을 살폈다. 스탠드 불을 켜려고 하는 단아의 팔을 잡으면서 수인이 먼저 단아에게 다가갔다. 수인은 단아의 품으로 파고들었으나, 단아의 마음까지 닿을 수는 없었다.

훗날 수인은 그날을 떠올리면 수동적인 단아와 필사적으로 연결되려던 애처로운 본인의 모습만 기억났다. 단아의 뻣뻣해진 몸이 단아의 마음을 대변하는 것 같았다. 무언가에서 벗어나고 싶은 단아와 무엇이라도 붙잡고 싶은 수인의 시간은 다른 초침으로 흘렀다. 단아는 평소보다 일찍 잠이 들었다. 그날 수인은 한숨도 잘 수 없었다.

◆ ◆ ◆

공사가 끝나는 날 단아는 미리 싸둔 캐리어를 끌었다. 이 순간을 오래 기다린 사람 같았다. 수인은 조금만 더 시간이 있었다면 어땠을까 생각했다. 수인은 단아와 꼬여 있는 감정선을 조금이라도 느슨하게 풀어보고 싶었고, 다시 세상에 둘도 없는 단짝이 되고 싶었다.

"단아야. 너만 괜찮으면 더 있어도 돼."

"아니야. 나도 거기 너무 오래 비워서 걱정돼. 자주 올게."

수인은 짐은 그냥 두고 왔다 갔다 하면 안 되냐고 되물었다. 수인이 따라가겠다고 나서자 단아는 장난으로 받으며 가벼운 인사를 했다. 원래 혼자 살았던 공간인데도 단아가 돌아간다고 하니 알 수 없는 상실감이 들었다. 단아에게 못 해준 일들만 떠올랐다. 집이 휑하고 넓게 느껴졌다. 한참 마음을 추스르고 있던 그때 수인의 눈에 단아가 두고 간 향수가 보였다. 평소 단아가 아끼는 향수였다. 단아가 직접 만들었지만, 포뮬러를 잊어버려서 똑같은 향을 내지 못할까 봐 아껴서 뿌린다고 했었다. 수인은 향수를 되돌려 주면서 단아를 한 번 더 붙잡고 싶었다. 단아에게 전화를 걸며 집을 나섰다. 공동 현관문 밖으로 나가 버스 정류장을 향해 걸어가는데 운서역 쪽에서 재성이 다가왔다. 이번에는 확실히 재성이 맞았다. 피할 새도 없이 재성의 눈은 정확히 수인을 보고 있었다. 수인은 향수병을 잡은 손에 힘을 줬다. 재성은 사복 차림이었다. 다리가 땅에 붙은 듯이 한 걸음도 움직여지지 않았다. 수인은 조형물처럼 그 자리에 얼어붙었다.

"이수인? 너 이수인 맞지?"

수인은 재성과 눈이 마주쳤다. 중학교 때 이후 거의 십 년 만이었다. 재성의 눈썹은 더 진해져 있었고, 짧은 머리 탓에 눈 옆의 점이 훨씬 잘 보였다. 재성을 보자 묻어두고 싶었던 과거의 일들이 어제 일처럼 하나둘 살아났다. 수군거림과 함께 벼랑 끝까지 몰렸던 동성애 찬반 토론 시간이 떠오르면서 철제 책상과 딱딱한 나무 의자에 포박된 기분이 들었다. 모두의 비난 섞인 눈빛을 저항 없이 받아냈던 그날의 수치는 수인에게 여전히 생생했다. 수인이 주먹을 꼭 쥔 채 얼어붙자 다가오던 재성도 발걸음을 멈추었다.

"아니, 이수인. 놀라게 하려던 건 아니야. 괜찮아? 더 다가가지 않을게."

그렇게 얼마나 흘렀을까? 수인은 정신을 차리고 길게 호흡했다. 여전히 다리는 후들거렸다. 한 손엔 단아의 향수가 있었다. 수인은 단아가 향수를 가지러 올까 봐 걱정되었으나 눈앞에 선 재성을 보자 다시 머릿속이 혼란스러워졌다.

"네가 왜 여기 있어?"

"얼마 전에 우연히 네가 나온 영상을 봤어. 업무차 외근 나왔던 공항에서 널 닮은 사람을 보기도 했고, 오늘도 멀리서 보다가 너인가 싶어서 불러본 거야. 한 번은 만나고 싶었어."

유포된 보안검색 영상을 재성이 보게 되리라고는 미처 생각하지 못했다. 또한 박재성이 자신이 만나고 싶어할 거라고는 상상조차 해본 적이 없었다.

"왜? 아직도 비난할 게 남았어?"

"아니. 사과하려고."

"뭘?"

"전부 다. 계속 신경 쓰였어. 가끔 옛날 생각이 나서 불편했고……. 그런 식으로 전학 보내면 안 되는 거였는데 우리 좋았던 날도 있었는데……. 내가 널 믿지 못했잖아.”

“사과하는 건 네 자유인데 오늘 네가 여기까지 온 덕분에 나는 이제 이사를 해야 하나, 퇴사를 해야 하나 고민돼. 너의 존재는 나에게 아직도 그래.”

말하면서도 혹시나 과거처럼 재성이 화를 내지 않을까 걱정됐다.

“공항에서 널 닮은 사람을 봤을 때, 네가 전학 가기 전 그날이 기억나더라. 나도 이 기회에 용서를 구하고 과거의 기억을 정리하고 싶거든.”

“그때나 지금이나 듣는 사람은 생각 안 하고, 네 마음 편한 게 우선이지?”

수인은 재성을 향해 날카롭게 물었다. 용서를 하거나 말거나 인생은 똑같이 흐른다. 수인이 용서를 하지 않으면 옹졸한 사람이 되고 용서를 하면 진심이 아니다. 재성은 수인에게 선택을 강요하는 이기적인 사람일 뿐이다. 이래저래 마음이 불편했다. 수인은 중학교 시절을 통째로 부정당한 기분으로 살았다. 성 정체성을 막 알자마자 부정적인 시선을 감당해야 했고, 상담 선생님은 주기적으로 정신과 치료를 권했다. 가까웠던 은재와 재성은 잘못된 소문을 부채질하는 꼴이었고, 나중에는 반 아이들 모두에게 외면당했다. 그때 재성은 모든 게 수인의 잘못인 양 전학을 권했다. 그랬으면서 이제 와서. 수인은 한숨을 쉬었다. 수인의 원망 가득한 눈빛에 재성도 긴 한숨을 쉬었다. 같은 과거를 통과하더라도 기억은 각기 다르게 남을 수밖에 없을 테지만, 수인은 아직 과거를 정리할 준비가 되지 않았다.

"그건……."

"수인아!"

재성이 뭔가를 말하려는 중간에 단아의 목소리가 들렸다. 재성은 단아를 한참 바라보다가 살짝 고개를 숙였다. 단아는 재성의 인사를 못 본 체하고 수인을 살폈다. 단아의 눈동자가 흔들렸다. 수인은 단아에게 무슨 말이라도 해야 할 것 같았다.

"나 여기 업무차 자주 와. 가끔 보자."

재성의 말에 수인은 다급히 단아를 봤다. 갑자기 재성이 나타나서 오해할 만한 상황을 만드는 게 속상하고 억울했다. 단아가 재성을 향해 누구냐고 물었다.

"저는 수인이 친구입니다."

"저도, 친구예요."

단아가 말했다. 재성은 말없이 끄덕였다. 수인은 양 주먹에 힘을 꽉 주었다. 재성의 눈에는 단아가 과거의 은재처럼 보일지도 몰랐다. 수인은 재성에게 일단 돌아가라고 했지만, 재성은 전화번호를 알려달라고 했다. 수인은 단아가 이상하게 볼까 봐 생각할 틈도 없이 연락처를 건넸다. 예측 안 되는 만남보다는 차라리 연락되는 편이 나았다. 단아가 이 시점에 나타나지만 않았어도 재성에게 다신 볼 일 없고, 지금까지처럼 잊고 잘 살라고, 절대 눈앞에 나타나지 말라고 말할 참이었다. 재성은 수인의 휴대전화에 자신의 연락처가 뜨는 걸 확인하고는 또 보자는 말을 남기고 뒤돌았다. 재성이 멀어질 때까지 침묵하다가 수인은 서둘러 단아에게 향수를 내밀었다. 향수 표면에는 어느새 수인의 땀이 묻어 있었다. 단아는 천천히 향수를 건네받으며 물었다.

"그냥 친구야?"

"응. 오랜만에 우연히 만난 중학교 동창. 신기하지?"

수인은 억지로 더 밝게 웃으려고 애썼다. 얼굴 근육이 제멋대로 움직이는 기분이었다. 단아가 믿어주지 않으면 어떡하나 걱정하면서 더 대수롭지 않은 척했다. 단아는 가만히 되물었다.

"우연이라고?"

"응. 당연하지."

"너 혹시……."

단아가 무슨 말인가 하려다가 삼켰다. 수인은 눈치를 보다가 향수 이야기로 화제를 돌렸다. 단아의 향이 그리울 것 같았다. 꼭 가야겠냐고 다시 묻자 단아가 말없이 끄덕거렸다. 수인은 단아와 대화를 하면서도 어딘가에서 재성이 지켜보고 있는 것 같은 기분을 지울 수가 없었다.

◆ ◆ ◆

얼마 후 재성에게서 만나자는 연락이 왔다. 장소는 단아와 공부할 때 자주 다니던 대형 카페로 정했다. 익숙한 곳이었고, 특히 사람이 많은 곳이라 그렇게 했다. 재성은 며칠 전과 분위기가 조금 달랐다. 관세 공무원 제복 차림이었고, 헤어스타일에 약간 멋을 낸 것 같았다. 손에 반쯤 남은 아이스 아메리카노를 들고 한참 뜸을 들이던 재성은 수인이 몰랐던 이야기를 꺼냈다. 은재와 수인의 사이가 이상해서 은재에게 둘이 무슨 사이냐고 물은 적이 있었고, 은재가 수인이 자신을 좋아해서 처음부터 재성을 이용한 거라고 했다며, 그 바람에 배신감에 휩싸여 감정 제어가 안 됐다고 재성은 털어놓았다. 그것이 사실이라 해도 수인이 받은 상처의 크기는 작아지지 않았다.

"미안하다. 그때 널 믿어주지 못한 거. 나중에 강은재가 다

른 반 여자애랑 사귀고 헤어지면서 개가 했던 거짓이 다 드러
났어. 그땐 이미 네가 없어서 사과할 수가 없었고.”

“사과는 고마워. 지금이라도 믿어줘서 고맙고.”

“그래. 근데 수인아.”

재성이 뜸을 들였다. 짙은 눈썹 사이의 미간이 좁아졌다가
펴지길 반복했다. 재성은 입술을 여러 번 붙였다 떼며 목을
한번 가다듬었다.

“왜? 말해.”

“근데 너는 나한테 한 번도 미안하다는 말을 한 적 없는 거
알아? 나도 그때 진짜 힘들었는데. 그 뒤로도 한동안 누군가
를 만나기 힘들었고.”

수인은 잠시 말문이 막혔다. 결국 전학을 간 본인만 피해자
라고 스스로 믿고 살아왔다. 과거 수인은 재성과 만나면서 다
른 사람을 마음에 품었다. 그 사실 하나만으로도 수인은 재성
에게 상처를 주었다. 수인은 그 점에 대해 재성에게 한 번도
제대로 사과한 적이 없었다. 그러면서 함께한 시간이 있는데
믿어주지 않는다고 서운해하고, 자신의 정체성이 받아들여지
지 않는다고만 생각했다. 과거에 재성이 칼을 먼저 겨누었으
니 이젠 용서의 칼은 자신이 쥘 차례라고만 여겼다.

“그래. 나도 너에게 솔직하지 못했던 거, 상처 준 거 전부 진

심으로 미안해.”

“그래. 용서할게. 이제 나도 다 털어내고 살아갈 수 있을 것 같아.”

재성이 말한 용서라는 단어가 오래 귓가에 맴돌았다. 재성이 오랫동안 그때 그 일을 털어내지 못한 것은 사과하고 싶어서였을까, 사과받고 싶어서였을까. 수인은 자신이 이렇게 쉽게 용서받아도 되는지 또 용서해도 되는지 알 수 없었다. 그렇게 두 사람은 서로의 서툴렀던 과거를 용서할 수 없어서 말로 용서를 주고받았다. 재성이 옅게 웃었다. 한때 수인이 좋아했던 미소였다. 다신 못 볼 줄 알았던 웃음을 보니 예전 생각이 났고, 자연스럽게 재성의 안부를 묻게 되었다. 재성은 성적 맞춰 들어간 학과에 길이 안 보여서 공무원으로 진로를 바꿨고, 몇 번 낙방의 고배를 마신 뒤 최근에 관세직으로 합격했다고 했다. 무엇인가 피하려고 멀리까지 도망친 자신과는 달리 재성에게는 선명한 진로와 목표가 있는 것 같았다. 수인이 가만히 있자, 재성이 조심히 물었다.

“혹시 그때 그 사람…… 애인이야?”

“응.”

“그렇구나. 잘 어울려. 우리 같은 공항에서 볼 텐데 가끔 안부 묻고 지낼래?”

"그건 어려울 것 같아. 그 친구가 알면 오해할지 몰라. 나한 테는 중요한 사람이라서 실망하게 하고 싶지 않아."

"그렇구나."

재성은 여전히 웃는 얼굴이었다. 수인은 그동안 겁냈던 많은 일들이 떠올랐지만, 재성의 사과로 조금은 괜찮아졌다. 천천히 느리게, 하지만 분명히 조금씩 괜찮아질 거라는 희망이 생겼다. 자연스럽게 두 사람은 옛이야기를 했다. 오래 묵혀 마음 깊이 곪은 이야기를 터놓고 하니 시원하기도 했다. 수인은 재성과 말하면서 몇 번 웃음이 났다. 과거를 모조리 지워버리고 싶었는데 그 사이사이 빛나는 날도 있었다는 걸 깨달았다. 그제야 수인은 옛 친구를 만난 기분이 들었다. 다 마신 음료의 얼음 조각을 입으로 넣으려는데 단아에게서 전화가 왔다. 수인은 컵을 내려두고 무의식적으로 재성에게 조용히 해달라는 제스처를 보이며 전화를 받았다. 굳이 단아의 오해를 살 필요는 없겠다고 생각했다.

— 수인아, 어디야?

"나 잠깐 밖에 나왔어. 왜?"

— 어디 갔는데? 누구 만나는데?

"아, 그게. 혼자 밖에 나왔어."

— 혼자…… 있다고?

단아의 말에 기분이 쎄했다. 수인은 일어나 주위를 둘러보았다. 단아는 보이지 않았지만, 왠지 어딘가에서 단아가 지켜보는 기분이 들었다.

"으응. 잠시 바람 쐬러."

— 그래. 알겠어.

단아의 전화가 끊겼다. 무슨 말이라도 이어보고 싶었는데 당황한 나머지 아무런 말도 하지 못하고 그대로 꺼진 화면을 바라봤다. 순간적으로 단아에게 비밀을 만들었다. 수인은 무엇이든 자신이 말할 수 있을 때까지 단아가 믿고 차분하게 기다려주길 바라는 마음이었다. 그때까지만 해도 수인은 앞으로도 이야기로 풀어갈 시간이 얼마든지 남아 있다고 믿었다.

재성과 헤어지고 다시 전화를 걸었으나, 단아의 휴대전화는 꺼져 있었다. 수인은 무언가를 놓치고 있다는 느낌을 떨칠 수가 없었다.

수인네 집에 두고 온 향수가 있어서 발걸음을 돌렸다. 집 공사 는 진작 끝나 있었다. 그동안 수인과 함께하기 위해 공사 완 료일을 차일피일 미루어 말했지만 더 이상은 비워둘 수가 없 었다. 원래 살던 빌라로 가는 건데 왠지 수인으로부터 가출하 는 기분이 들었다. 그 향수는 사실 엄마의 그녀에게서 나던 향이었다. 단아는 기억을 더듬어 향수 공방에 가서 직접 만들 어 썼다. 은은한 레인 머스크 향기. 왜 이 향을 만들고 싶었는 지 모르겠지만, 단아는 그날 원하는 향이 나올 때까지 만들었 다. 그러다가 한번 우연히 비슷한 향을 만든 이후에는 같은 향을 내기가 어려웠다. 향수 포뮬러 대로 만든다고 해도 조합 하는 오일의 출처가 바뀌거나, 스포이트의 한 방울만 더 들어 가도 향이 달라지는 게 향수였다. 수인과도 사소한 한 방울의 오차로 자꾸만 관계가 달라지는 기분이 들었다. 어느 날은 잘 못 배합된 향기처럼 자꾸만 이게 최선이냐는 생각이 들었다. 수인과 좋았던 시간이 다시 오지 않을까 불안하면서도 더 밀 착되면 서로 실망만 더해줄 것 같아서 두렵기도 했다. 단아는 물리적으로라도 잠시 거리를 두는 것이 두 사람의 관계를 지키는 방법일 수 있겠다고 판단했다.

　수인의 오피스텔 쪽으로 걸어가는데 웬 처음 보는 남자와 대화하는 수인이 보였다. 분위기상 동료로 보이지는 않았다. 남자를 보는 수인의 눈빛엔 걱정과 불안함이 가득했다. 단아는 수인이 괜히 시비라도 붙은 걸까 싶어서 서둘러 걷다가 두 사람의 대화 소리가 간헐적으로 들려서 걸음을 멈추었다.

　"……우리 좋았던 날도 있었잖아."

　남자의 말에 수인은 화를 내면서 울먹거렸다. 둘 사이에 무슨 사연이 있는 걸까. 수인을 어느 정도 안다고 생각했는데 그게 아닐지도 몰랐다. 수인의 이런 모습은 또 낯설게 느껴졌다. 수인이 남자와 함께 있는 장면을 보고 단아는 자신이 왜 떨고 있는 건지 알 수 없었다. 남자가 말하는 좋았던 날이 뜻하는 게 무엇인지 생각하려다가 말았다. 수인은 언제 남자를 사귄 걸까. 왜 그런 것에 대해 아무 말도 하지 않았을까. 지금 저들은 무얼 용서하고 말고 하는 걸까. 생각할수록 단아는 수인에 대해 아무것도 모르고 있는 기분이 들었다. 남자를 대하는 수인의 표정은 굳어 있고, 말투에는 날이 서 있었다. 단아와 대화할 때와는 전혀 다른, 경계심 가득한 모습이었다. 단아는 모르는 수인의 낯선 모습. 남자는 수인에게 무언가를 바라고 있었다. 불편함에 얼굴이 점점 빨개지는 수인을 보니 단아는 이 상황 자체를 참을 수 없었다. 당장 수인을 보호해야겠다는 생각만 들었다.

단아가 서둘러 그들의 대화에 끼어들었다. 남자는 자신을 수인의 친구라고 소개했고, 단아도 얼결에 그렇게 말했다. 애인이라는 말을 해본 적이 없어서 그랬다. 그런데 수인도 굳이 자신과의 관계를 정정하지 않았다. 남자는 단아 앞에서 버젓이 수인의 번호를 저장하고 떠났다. 단아는 내심 수인이 그 남자에게 연락처를 주지 않길 바랐지만, 수인은 아무렇지 않게 연락처를 건넸다. 그 순간 단아는 투명 인간처럼 무력했다. 누구냐는 단아의 물음에 수인 역시 단순히 동창이라고 말했다. 수인은 억지로 미소를 짓고 있었다. 곤란하거나 과장할 때 나오는 특유의 표정이었다. 수인은 무언가 꽁꽁 싸매려고 안간힘을 쓰고 있었다. 단아는 수인이 선택한 거짓말이 지금 수인이 단아에게 말할 수 있는 하나뿐인 진심이라는 걸 알았다.

"너 혹시……."

남자도 사귀었냐고, 저 남자랑 무슨 관계냐고 물으려다가 말았다. 수인이 남자를 만난다고 한들, 아니 만났었다고 한들 자신이 어디까지 관여해야 하는지도 알지 못했다. 스멀스멀 배신감이 차올랐다. 그러고 싶지 않은데 자꾸만 엄마가 겹쳤다. 오랜 세월 단아는 엄마와 그녀가 언제부터 알던 사이였는지 궁금했다. 아빠를 만난 게 두 사람의 관계가 발전하기 전이었는지 후였는지 그런 질문들로 감정이 분주하던 밤도 있었다. 그런데 지금 수인에게도 비슷한 종류의 화가 났다. 방금도 수인은 아무렇지 않게 거짓말을 했다. 단아가 들은 게 있는데 일단 아니라고 잡아떼는 수인을 보니 그동안 모르고 넘어간 수인의 거짓말은 얼마나 될까, 의구심이 들었다. 수인의 성향과 상관없이 수인이 현재는 자신을 좋아한다는 사실을 알면서도 이번 일이 자신을 지나쳐 수인이 누구든 만날 수 있다는 예고편처럼 받아들여졌다. 여행지에서 아이를 보고 웃던 수인의 모습이 난데없이 떠올랐다. 수인이가 수인이를 닮은 아이를 낳고, 다른 남자와 단란하게 가정을 꾸린 모습이 상상되었다. 그리고 그건 자신이 수인의 인생에서 빠져야만 가능하다는 생각에 이르자 북받치듯 가슴이 아렸다.

　수인과 그 남자는 정말 단순한 동창 사이일지 모른다. 하지만 그저 우연일까. 수인의 말은 어디까지가 진실일까. 문득 자신은 수인에게 어느 정도나 털어놓을 수 있는지 스스로 되물어 봤다. 사랑이란 감정으로 통했다고, 상대에게 온 마음을 다 내줬다고 느꼈지만, 실상 두 사람은 여전히 서로 말할 수 없는 게 많은 사이였다. 함께하는 기간이 길어질수록 집착과 갈망은 점점 커졌다. 이런 마음이 전혀 다른 삶을 살아온 사람에게 느낄 수 있는 감정일까. 어느 순간엔 이러다 정말 큰일 나겠다는 마음이 들었는데 그 큰일이 무엇일지 알 수는 없었다. 다만 수인 때문에 극도로 자신이 불안하다는 것만 지금 짐작할 수 있는 사실이었다.

우리의 결말은 뭘까.

수인을 만나고부터 수인이 이성을 좋아할 수도 있다는 생각은 하지 못했다. 그건 그냥 단아가 그렇게 믿은 거였다. 단아가 동성애에 관심을 갖고 알아보게 된 건 엄마와 작별한 뒤부터였다. 간혹 동성에게 마음이 기우는 자신을 발견할 때마다 힘들었다. 너무 어린 나이에 그런 쪽에 대한 정보를 많이 알아봐서 그러는 걸까? 아니면 타고난 자신의 정체성일까? 그런 게 혼란스러웠다. 혹시나 하는 마음에 동성애에 대한 유전적 영향이 있는지 조사했고, 유의미한 결과 없음에 안도하기도 했다. 그러나 단아는 자신이 좋아하는 대상이 친밀해지려고 다가오면 온 힘을 다해서 피했다.

고교 시절 공장에 취업했을 때도 그랬다. 단아보다 6개월 늦게 들어와 같은 기숙사 방을 쓰던 주은과 이상한 기류가 흘렀다. 주은이 2층 침대의 위층을 썼고 단아가 아래층을 썼는데, 어느 밤엔가 주은이 뜬금없이 '우리 둘밖에 없네요?'라고 하는 말에 단아는 잠시 얼어붙었다. 단아가 무슨 뜻이냐 되물으니 고등학생으로 취업한 직원이 둘밖에 없다는 말이라고 부언해서 단아는 속으로 혼자 뜨끔했다. 그때까지도 단아는 동성에게 끌린다는 사실을 부정했다. 주은을 향한 감정은 1년이란 시간이 흐르면서 차차 친한 동료로 정리가 됐다. 하지만 수인은 달랐다. 호감의 수준이 아니라 자력이나 중력처럼 거스를 수 없는 강력한 끌림이었다. 단아는 수인을 만나고 자신의 성향을 인정할 수밖에 없었다. 마치 그러기로 정해져 있다는 듯 끌려가던 감정을 달리 설명할 방법이 없었다. 그런데 수인은 양성 모두를 좋아할 수 있는 사람이었다. 수인이 그렇게 말한 적이 없어서 몰랐다. 단아는 괜스레 서운한 마음이 들었다. 그리고 불현듯 한때 모든 걸 믿고 싶었던 수인의 모든 게 의심되었다.

그날 밤 단아는 동이 터올 때까지 의심의 꼬리에 꼬리를 물다가 잠이 들었다. 떠나는 엄마와 떠나는 수인의 얼굴이 번갈아 나오는 꿈을 몇 번 꿨다. 떠나는 순간까지도 다정한 그들의 표정에 단아는 꿈속에서 또 한 번 좌절을 겪었다.

다음 날 출근길에서도 남자와 대화하던 수인의 모습이 자꾸 떠올랐다. 몇 번 식사를 건너뛰어 남겨둔 여분의 식권으로 매점에서 음료를 샀다. 단아는 업무 대기 중인 조장에게 음료를 건네며 옆자리에 앉았다. 음료 표면에 작은 물방울들이 생겼다.

"선배. 우리는 일 자체가 누군가를 의심하는 거잖아요."

"어떻게 보면 그렇지. 근데 갑자기 왜?"

"그래서 승객은 저희가 조금만 꼼꼼히 살펴도 본인을 테러범으로 의심하냐며 불편해하고, 저희는 기내를 샅샅이 뒤져 가면서 테러의 조짐이나 흔적을 찾잖아요. 그건 일말의 가능성을 염두에 두고 의심하는 거잖아요. 그렇죠?"

"그래서 무슨 말이 하고 싶은 걸까?"

"그래서 말인데요. 의심하는 게 나쁜 걸까요?"

"뭐? 글쎄, 일은 그냥 일이라서 딱히 그렇게까지 생각해 본 적이 없긴 한데……. 나는 방향에 답이 있다고 봐. 우리 일은 안전하길 바라서 의심하는 거잖아. 테러 가능성에 희망을 거는 게 아니라, 테러가 없을 가능성에 희망을 거는 거야. 그러니까 의심했지만 아무 일도 일어나지 않는다고 해서 허탕 치는 게 아니지. 확인할수록 안심되고 우리의 필요성은 그로써 더욱 강화되니까. 믿으려고 하는 의심은 믿음의 한 종류라고 생각해."

"선배 말은 의심이 정당하다는 걸까요?"

"어떤 의심이냐에 따라 다르지. 네가 지금 품고 있는 의심이 믿기 위한 의심인지 아니면 그 반대인지 한번 잘 고민해 봐."

순간 단아는 선배가 자신의 저의를 알아채고 답한 것 같아서 뜨끔했다. 단아는 수인과 자신, 둘을 제외한 온 세상이 두 사람의 관계를 알고 있는 것만 같았다. 단아는 수인과의 관계가 버거웠다. 수인과 사소한 갈등으로 충돌할 때면 자꾸만 이 관계의 결말이 그리 멀지 않았다는 회의감도 들었다. 시간이 많이 흐른다고 해도, 일시적으로 화해를 했더라도 결국은 같은 문제로 더 크게 싸우거나 제대로 멀어질 일만 남을 미래가 떠올랐다. 단아는 언젠가 수인이 자신에게 지치는 날이 올 것이라고 예감했다. 수인의 사랑한다는 표현에도 자꾸만 그 마음이 얼마나 갈까 의구심이 들었다. 잃어버리고 싶지 않아서 매번 잃는 쪽을 먼저 생각하는 자신이 싫었다. 하지만 단아는 이미 이렇게 살아왔고, 이제 와서 자신을 바꿀 자신도 없었다. 단아는 언젠가 자신에 대한 수인의 마음이 식게 된다면, 수인에게 더 큰 상처나 짐을 주지 않기 위해서라도 관계의 끝은 자신이 매듭짓겠노라 다짐했다. 지금도 이미 분에 넘치게 받은 거라고, 그러니 이별을 말하는 무게는 자신 쪽에서 메는 것이 낫겠다고 생각했다.

◆ ◆ ◆

일이 일찍 끝난 단아는 수인과 저녁을 먹으면서 진지한 대화를 나눠보려고 운서역 쪽으로 걸어갔다. 수인의 집에서 나온 이후로 수인을 만나는 건 오랜만이었다. 수인에게 연락이 계속 왔지만 근무 시간과 겹쳐 만날 시간이 없었다. 요 며칠은 수인의 연락도 잠잠하던 참이었다. 그래도 수인은 언제고 단아를 향해 문을 열어주는 사람이니까. 연락 없이 찾아가도 당연히 만날 수 있을 것이라 생각했다. 오히려 단아의 깜짝 이벤트에 수인은 아이처럼 기뻐할 터였다. 가는 길에 수인이 좋아하는 치킨집에 들러서 생맥주와 닭강정을 포장해 가면 얼추 가성비 좋은 저녁이 될 것 같았다. 흐뭇한 미소를 지으며 걷던 단아는 수인과 자주 가던 카페로 무심코 고개를 돌렸다가 걸음을 멈추었다. 수인이 그때 그 남자와 카페에서 웃으며 대화하고 있었다.

통창 너머로 수인의 맞은편에 앉은 남자는 관세 공무원 제복을 입고 있었다. 안정적인 직장이 있네. 단아는 어쩐지 싸우기도 전에 진 기분에 사로잡혔다. 게다가 며칠 전 남자를 경계하던 수인은 어디 가고 지금은 남자와 밝게 웃으면서 대화를 하고 있었다. 남자의 눈빛도 다르지 않았다. 마음이 아렸다. 다리가 떨려 수인에게 다급하게 전화를 걸었다. 수인은 전화를 받기 전 남자에게 조용히 해달라는 제스처를 보였다. 그 모습을 보자 단아는 심장이 쿵 내려앉았다. 자신이 아는 수인이 아닌 것 같았다. 전화가 연결되고 혼자 있냐는 단아의 물음에 수인이 갑자기 일어나 주위를 둘러보았다. 단아는 건물 뒤로 급히 모습을 감췄다. 긴 한숨과 눈물이 터져 나왔다. 전화를 끊고 잠시 숨을 골랐다. 그때 모르는 번호의 전화가 울렸다. 끄려고 했는데 눈물 때문에 손이 미끄러져 통화버튼이 눌렸다. 수화기 너머로 들린 건 수인이 아니라 고모의 목소리였다. 이상하게 눈물이 핑 돌았다. 단아는 목을 가다듬고 전화를 받았다.

─단아야, 너 왜 내 번호 차단했니?

"고모. 무슨 일인데요?"

─무슨 일은. 너 할머니 건강이 요즘 얼마나 나빠졌는지 몰라? 할머니 좀 챙겨. 우리 엄마가 너희 맡아 키우느라 저렇게 된 건데. 넌 어쩜 애가 그렇게 이기적이니? 옆에 딱 붙어서 수발은 못 들 망정. 혼자 산다고 나갔다며? 네 동생이야 대학 다니니까 그런다고 쳐도 너까지 그러면 쓰니?

"고모는요? 고모는 할머니 딸이잖아요."

─뭐? 너 안 본 사이에 더 버릇없어졌구나. 이런 독한 것

키운다고 뼈 빠지게 고생한 우리 엄마만 불쌍하지.

"더 할 말 없으시죠? 이제 다시는 전화하지 마세요."

먼저 전화를 끊었다. 아예 전원도 꺼버렸다. 까매진 액정 위로 초라해진 얼굴이 비쳤다. 고모의 전화를 끊지 않았다면 다음 스토리는 뻔했을 것이다. 모아 놓은 돈 좀 있냐는 말, 할머니에게 돈을 썼으니 보전해 달라는 말, 급한 불만 끄고 다시 주겠다는 말일 게 뻔했다. 돈 얘기의 서막에 고모는 늘 뼈 빠지게 고생한 우리 엄마,라는 표현을 썼다. 평소에 고모가 할머니를 노인네라고 칭했기 때문에 단아는 그 차이를 단번에 알았다. 단아는 손으로 가슴을 쓸어내렸다. 어린 시절 고모들은 집에 올 때마다 단아 남매를 보고 골칫거리라고 했다. 농번기가 끝나고 할머니가 그동안 내준 품의 대가를 받는 계절이 되면, 고모들은 약속이나 한 듯 하나둘 찾아왔다. 그렇게 할머니에게 손 벌리러 왔다가 돈을 못 받으면 단아의 신체 부위를 몰래 꼬집거나 괜히 가만히 있는 동생을 꾸짖었다. 마치 남매만 아니었어도 할머니에게 돈을 받을 수 있었다고 믿는 사람들 같았다. 피는 물보다 진하므로 막 대해도 된다고 믿는 사람들. 부모님이 있었다면 달랐을까?

그래도 수인과 있으면 잠시나마 현실을 잊을 수 있었다. 하지만 이제는……

단아는 발길을 돌려 집으로 향했다. 걸음이 심장박동만큼 이나 빨라졌다. 정신없이 걷던 단아는 뛰어오던 어린아이와 부딪혔다. 단아가 함께 넘어진 아이의 상태를 살펴보려는데, 눈이 마주친 아이가 고사리 같은 손으로 단아의 눈물을 닦아 주었다. 놀라서 달려온 아이의 부모는 오히려 눈시울이 붉어 진 단아를 걱정했고, 뛰어다니지 말랬지 않냐며 아이를 나무 랐다. 단아는 괜찮다고 말하고 벌떡 일어났다. 크게 아픈 것도 아니고, 피가 나는 것도 아니었지만, 자꾸만 눈물이 흘렀다.

자신만 없으면 수인은 결혼도 하고 자신을 닮은 아이도 낳 고, 그토록 원하던 진짜 가족을 이룰 수 있을 거라는 생각이 들었다. 수인에게 진실로 필요한 것은 그런 것들인 것 같았다. 수인이 마땅히 누리고 살아야 할 행복과 기쁨을 자신은 어떻 게 노력해도 가져다줄 수 없을 것 같았다. 고모의 말처럼 자 신이 이기적인 사람일 수도 있었다. 단아는 아이의 따뜻하고 말랑한 손이 볼에 닿았을 때, 수인의 행복을 위해서라도 자신 이 알아서 비켜줘야겠다는 생각이 들었다.

방에 불도 켜지 않은 채 밤이 되었다. 단아는 한쪽 구석에 웅크려 앉아 계속 생각만 했다. 수인과 어떻게든 결말을 내야 한다는 결론에 이르니, 함께 웃고 행복하던 자신까지 잃는 것 같은 상실감이 들었다. 같이 덮던 이불과 가까웠던 체온. 함께 차린 작은 밥상에 둘러앉아서 온기가 꽉 찬 밥알을 씹던 기억. 수인이 오물거리며 먹는 모습을 눈에 담으려고 혼자 분주했던 시간. 그 모든 게 다 소용없이 물거품이 되는 기분이었다. 앞으로 수인을 미워하지 않고 수인에게 미움받지 않을 수 있을까. 단아는 수인이 자신에게 서서히 지치는 모습을 어렵지 않게 떠올렸다. 수인에 대한 마음이 왜 불편한지, 전부 이해받을 수도 없고, 제대로 말할 자신도 없었다. 수인의 사랑이 진짜라면 그 증표로 단아가 가진 불안을 없애주기를 바랐다. 어느 순간 주고받은 감정의 크기를 재보는 자신이 싫었다. 그래서 결국 이 관계는 멈춰야 한다는 결론에 가닿았다.

그날 저녁 휴대전화를 켜고 얼마 지나지 않아 수인으로부터 전화가 왔다. 부재중 전화와 쌓여 있는 문자도 모두 수인의 것이었다.

"왜? 무슨 일인데?"

―무슨 일은. 아까 그렇게 끊고, 전화가 계속 꺼져 있어서 걱정했잖아.

"수인아."

―응?

"지금 한 순간에 결정하는 거 아니고, 오래 생각해 왔어."

―뭐를?

"우리의 결말."

―무슨 소리야?

"너도 생각은 하고 있었잖아. 우리는 여기까지인 것 같아."

―아니, 나는 아직 너랑 같이하고 싶은 일이 너무 많아. 단아야 갑자기 왜 그래. 내가 잘못한 게 있으면 알려줘. 고칠게. 내가 노력해서 고치면 되잖아.

"고치고 말게 어디 있어. 이미 너는 넌데. 나에게 앞으로도 말하지 못할 게 많아질 거야. 아까도 혼자 있지 않았잖아."

―단아야. 그건 내가 다 설명할게.

"아니야. 수고스럽게 무슨. 그냥 그런 생각이 들더라. 너도 느끼잖아. 우리는 서로 믿음이 부족하다는 것을."

―아니야. 나는 널 100퍼센트 믿어.

"네가 가볍게 던지는 그 100퍼센트라는 말, 너밖에 없다, 어떤 순간이 와도 네가 나의 전부다, 그런 말들… 난 솔직히 안 믿겨. 그런 빈말들도 안 했으면 좋겠어. 사실이 아니니까."

―단아야 오늘 왜 그래? 그게 왜 사실이 아니야? 왜 너는 내 감정을 다 아는 사람처럼 굴어?

단아는 수인과 시간을 끌면서 서서히 멀어지는 게 더 어려웠다. 주먹을 쥔 다른 손이 부르르 떨려왔다. 수인을 놓고 있다는 게 실감이 나서였다. 이제는 수인과 멀어져야 한다는 마음과 그래도 수인이 어떻게든 잡아줬으면 하는 마음이 교차했다.

"수인아. 너는 너조차 속이는 거야. 그거 교만이고 상대방에 대한 기만이야. 상대방이 어떻게 생각하든지 말든지 상관없이 네가 믿고 싶은 것만 믿고 말하잖아. 너야말로 네가 스스로 느끼는 감정이 사실인지는 안중에도 없고 말이야."

―그러니까 사실인지 아닌지는 너도 모르는 거잖아. 내가 말하는 게 진심인지 아닌지 잘 알지도 못하면서 왜 아니라고 단정 짓는데? 너야말로 나를 네가 보고 싶은 대로 보고 넘겨짚잖아. 왜 옆에 잘 있는 사람을 그렇게 의심하고 몰아세우고, 왜 그렇게 숨 막히게 해. 왜!

단아의 말이 끝나기 무섭게 수인이 화내듯 대응했다. 수인이 단아에게 이 정도로 화를 낸 것은 처음이었다.

"역시 그렇게 생각하고 있었구나?"

―아니, 단아야 왜 감정을 해결하려고 하지 않고, 검증하고 탓하려고만 해.

"네가 솔직하지 않으니까."

―얼마나 솔직해야 솔직한 건데? 어디까지 말해야 속 시원하겠어? 너는 나한테 그러기는 하고? 왜 너만 생각해? 내가

194

항상 참으니까, 네가 이렇게 선 넘어도 되는 사람처럼 굴 땐…… 하, 진짜 나도 너무 힘들어.

"이제야 본심 나오네. 그동안 어떻게 참았대? 내가 서운하다고 할 때마다 얼마나 나를 밀어내고 싶었을지 눈에 훤하다. 우리는 이미 답 나왔어. 더 이상 시간 끌 필요 없을 것 같은데."

— …….

"더 할 얘기 없으면 여기까지 해. 우리."

말하고 조금 기다렸지만, 수인은 아무 말도 하지 않았다. 전화기 너머로 울고 있는 것도 같았으나 달래주고 싶지는 않았다. 사랑하는 사람을 상처 주는 것은 자신의 영혼에 흠집을 내는 일이라는 걸 안다. 알고도 반복한다. 단아는 이별을 부정하는 수인을 어떻게 설득해야 하나 걱정했지만 그건 불필요한 걱정이었다. 잠시 후 수인 쪽에서 먼저 전화를 끊었고 한참 후에 그러자는 간결한 문자가 왔다. 단아는 자신이 먼저 관계의 끝을 말해놓고도 믿기지 않았다. 혹시 이별을 먼저 말해주길 기다리고 있었나? 불현듯 현실감이 들면서 온몸에 힘이 빠지고 눈물이 흘렀다. 끝의 밑단을 눈으로 확인한 기분이 들었다. 답장을 보내지 않았다. 그러면서도 휴대전화의 충전기를 괜스레 뽑았다가 끼면서 수인의 전화가 다시 걸려 오지 않는지를 수시로 확인했다.

밤늦게 수인에게서 장문의 카톡이 왔다. 그 남자는 학생 때 잠깐 사귀었던 사이였고, 이제는 아무 사이도 아닌데, 괜한 여지 남기고 싶지 않아서 그때 꼬인 오해를 푼 것뿐이고, 그게 전부라는 내용이었다. 문자 뒤에 믿고 안 믿고는 단아의 선택이라는 듯한 뉘앙스가 마음에 걸렸다. 진실을 알고 싶었지만, 알고 나서도 그리 유쾌한 기분이 들지는 않았다. 단아는 일부러 끝까지 읽지 않았다. 조금이라도 수인을 더 상처 내고 싶었다. 이 관계를 빨리 정리해야 한다는 것을 머리로는 알겠는데 몸이 잘 움직여지지 않았다. 그날부터 단아는 이틀간 열병을 앓았다.

◆◆◆

몇 주가 지났다. 창밖으로 안개비가 내렸고, 오래된 빌라의 외벽에서는 축축한 흙냄새가 났다. 석고 믹싱 볼에 전자저울로 잰 정량의 석고와 물을 넣었다. 실리콘 스파츌라로 여러 번 젓자 묽은 반죽이 되어갔다. 반죽이 적당히 되직해진 것을 확인한 후에 시즌과는 무관한 'Merry Christmas'라고 홈이 파인 원형 몰드에 반죽을 부었다. 부업으로 만들던 답례품 제작용이었다면 올리브 리퀴드나 향료 따위를 넣었겠지만, 스트레스 풀이용으로 만드는 것이라서 석고 가루에 물만 섞었다. 몰드에서 좁쌀만 한 기포가 일었다. 몰드를 사선으로 잡아당기고, 살짝 충격을 주어 기포를 없앴다. 손에 반죽이 묻었다. 반죽이 굳기 전에 물에 젖은 거즈로 손을 닦고 업무용 수첩을 꺼냈다. 단단한 석고를 만들기 위해서는 기다림이 중요했다. 학창 시절 방과 후 수업에서 배운 석고 방향제 만들기로 행사 답례품을 만드는 부업을 했었다. 그 시절엔 시간이 돈으로만 보여서 조바심을 내다가 의도치 않게 완제품을 여러 번 깨뜨렸다. 수첩에 적힌 항공사별 항공기 업무 규정을 외우는 사이 석고가 얼추 굳었다. 석고 마감 면을 손톱 끝으로 눌러보며 굳기를 확인했다. 아직은 때가 아니라는 듯 손톱 끝에 하얀 석고가 선명하게 묻었다.

정적을 깨고 진동이 울렸다. 동생이었다. 2학기 대학 등록금 고지서와 함께 '누나 매번 미안해. 졸업하면 갚을게'라는 문구가 적혀 있었다. 수인과 무슨 일이 있었건 상관없이 일상은 단아의 슬픔을 기다려주지 않았다. 단아는 악착같이 살아남아서 동생 등록금도, 할머니의 병원비도, 두 집의 공과금도 내야 했다. 누가 누굴 걱정해. 단아는 수첩을 책장에 대충 쑤셔 넣었다. 이제 진짜 비행을 마칠 때였다. 단아는 책장에서 아무 연습장을 빼서 무언가 휘갈겨 적기 시작했다. 그리고 그

낱장을 뜯어 작게 북북 찢었다.

　이 시기가 끝나면 나는 다시 너와 상관없는 삶을 살 거야. 그래도 어느 날 밤엔 허전하겠지. 갑자기 네가 미치게 생각날지도 몰라. 그건 시간이 해결해 줄 거야. 서로 모른 채로 살다 만난 우리인데 이 정도 이별에 서로 못 살 만큼 무너지진 않을 거야. 짧은 시간에 감정 변화가 너무 많았던 사이라서 마음의 요동을 사랑이라고 오해하는 거야. 우리는 지금 그 변화 지점에 생긴 소용돌이를 잠재우느라 일시적으로 붕 뜨고 소란한 거야. 우리 곧 언제 애틋했냐는 듯 서로가 모르는 사람들에 둘러싸여 전혀 다른 삶의 모습과 형태로 살아갈 거야. 그러니까 이수인……. 너는 나 없이도 아무렇지도 않을 거야.

수인은 잠시 얼어붙었다. 단아의 입에서 흘러나온 이별이 믿기지 않았다. 평소라면 단아를 붙잡고서 뭐라도 해명하려 했을 텐데 마음이 말을 듣지 않았다. 수인은 둘의 관계가 자신이 계속 단아의 눈치를 보고 사과를 한다고 해도 어쩌다가 수인이 한번 큰소리를 내면 깨져버리고 마는 헐거운 관계처럼 느껴졌다. 왜 눈치를 보는 쪽은 항상 자신이어야 하는지, 대체 왜 이렇게 관계가 기울었는지 수인으로선 알 길이 없었다. 두서없이 설움이 쏟아졌다. 마음과 감정은 별개의 것이다. 더 이해받고 싶으면서도 관계에서 손해는 보지 않겠다는 단아의 진심이 보였다. 단아는 수인에게 솔직해지라고 몰아붙이며 의미 없는 공격을 하고 있었다. 이별의 이유를 어떻게든 찾아내고 싶어 하는 느낌이 들었다. 그래도 그렇지. 이별을 무기로 쓰다니. 수인은 단아의 기울어진 집요함에 점점 지쳤다. 단아는 본인의 패는 깔 생각이 없으면서 수인에게는 패를 모두 드러내길 바라고 있었다. 사랑을 증명해 보라는 게임의 굴레. 수인은 더 이상 대응할 의지를 잃었고, 전화를 먼저 끊었다.

수인은 밤이 늦어서야 마음을 애써 진정시키고 장문의 문자로 화해를 시도했지만, 단아에게 답장이 없는 채로 며칠이 지났다. 수인은 둘의 관계가 이제 되돌릴 수 없는 강을 건너 버린 것은 아닐지 무서워졌다. 이전에도 다툰 적은 있었지만, 수인이 검질기게 문자를 보내면 퉁명스러운 대답이라도 돌아왔었다. 단아와 함께한 좋은 순간들까지 신기루처럼 한 번에 사라질 것 같았다. 정신이 자꾸만 아득해졌다. 결과적으로 그날의 대화는 무엇을 대변하지도 못했다. 수인은 괜히 흥분해서 단아를 자극했던 자신을 원망했다. 단아와 크게 싸운 그날은 수인이 인생에서 삭제하고 싶은 날이 됐다. 할 수만 있다면 그날 내뱉은 말들을 모조리 주워 담고 싶었다. 도착 시각도 모른 채 여전히 난기류 속에서 떠 있는 비행기가 된 기분을 느꼈다.

그 이후 수인은 자신이 조금씩 고장 나는 걸 느꼈다. 출근하면서도 냉장고 문을 잘 닫았는지, 고데기나 인덕션을 잘 껐는지 승강기까지 갔다가 돌아와서 여러 차례 확인했다. 수인은 점점 자신을 믿기가 힘들었다. 허무하게 단아를 잃었다. 아닐 거라고 긍정 회로를 돌려보려 해도 단아의 차갑던 목소리가 떠올라 괴로웠다. 시간이 흐를수록 관계가 멀어진 채로 굳어지는 기분이었다. 수인은 일상이 점점 버거웠다. 길을 걷다가도 맨홀 위에 선 듯한 기분이 들었고, 단아와 우연히라도 마주치기 위해 운서역을 배회했다. 마음이 산만했다. 그 요란한 마음은 업무에도 영향을 끼쳤다. 실수가 반복되었다. 컨베이어 벨트 위로 지나가는 위탁수하물 엑스레이를 보다가 자전거 실린더를 그냥 지나쳐서 사수에게 크게 꾸지람을 들었다. 그 와중에도 해결되지 않는 베니 사건으로 업무 외 시간에 상부에 자주 호출됐다. 불면을 거듭하면서 하루하루 피로가 누적됐다.

"이수인 씨, 정신 안 차려요? 동물 케이지 씰 잘 채워져 있는지, 승객 번호와 일치하는지 확인하는 작업을 몇 번이나 말해줘야 기억할래요?"

사수가 한숨 쉬면서 말했다.

"우리 팀에 계속 실수하는 사람이 있잖아. 응, 응, 그 사람. 아니 그 사람 때문에 나도 같이 퇴근이 늦어지잖아. 아 몰라. 내 말이."

후배는 수인 들으라는 듯 구태여 휴게실 앞에서 통화했다. 수인은 힘들면 놓는 것도 방법이라고 말하던 예전 휴대 팀 팀원 주호 씨의 말이 생각났다. 이 모든 상황이 일시적일 것 같지 않았다. 자신이 느끼기에도 스스로 어딘가 고장 난 것 같았다. 상주 직원 휴게실에서 활주로를 보아도 기분이 나아지

지 않았다. 계속 실수하는 사람. 그래서 미움받는 사람. 결국
엔 배제되고 밀려나거나 떨어져 나갈 사람. 수인은 수시로 자
신을 이런 범주에 넣었다가 저런 범주 안에 넣었다. 단아와의
채팅창을 열었다. 한참 좋았을 때 나누던 대화들을 읽고 또
읽으면서 버텼다. 오늘도 밖은 흐린 날씨의 연속이었다. 단아
와 가까워지기 위해 무언가를 할수록 정성껏 멀어지는 기분
이 들었다. 시간이 흐르면 단아와의 기억이 아프지 않게 될
까? 정말 아무렇지 않을 수 있을까? 알 수 없었다. 하늘에서
는 소나기가 쏟아지더니 우레가 연이어 울렸다. 계류장에도
우비를 쓴 사람들이 돌아다녔다. 물 고인 웅덩이를 세면서 단
아와 함께한 수많은 날 중에서 재미있었던 일을 떠올리려 했
지만, 꺼내는 추억마다 단아의 방식으로 보여준 무언의 신호
이자, 인내심의 산물을 발견하게 돼 자꾸만 설움이 찼다. 주기
장엔 군데군데 작은 웅덩이가 더 많이 생겼다. 그 웅덩이 표
면으로 비가 매몰차게 쏟아졌다. 검은 웅덩이는 비를 온몸으
로 맞는 것만으로도 벅차 보였다. 되돌아온 여객기가 물웅덩
이와 마찰하며 착륙할 수밖에 없다는 걸 모르지 않았지만, 그
걸 굳이 눈으로 확인하고 싶지는 않았다.

그로부터 얼마 후 수인은 간신히 버티던 1차 보안검색원을 그만뒀다. 공사 자회사에는 여전히 입사 대기자가 넘쳐났으므로 계약직 신분의 퇴사자를 붙잡지 않았다. 조직에 속하는 것은 어려웠지만, 조직에서 벗어나는 건 쉬웠다. 수인은 자신과 비슷한 과정을 겪으며 혼자의 힘으로 버텼을 미애가 떠올랐다. 문득 연락도 없이 잠적한 미애가 그립기도 하고 원망스럽기도 했다. 누군가와 날것의 감정을 공유하고 싶었다. 하지만 이제는 회사의 힘듦을 토로할 곳도 없었다. 이제 정말 완전히 혼자가 된 기분이 들었다. 수인은 단아와 사사로운 감정조차 함께 나눴었다. 단아가 공식적으로 이별을 말했지만, 수인은 단아와 함께한 기억에 완전히 이별을 고할 수 없었다. 수인은 한동안 자신이 영종도를 떠날 수 없을 것이라는 사실을 깨달았다.

수인은 일을 그만두고 혼자만의 시간을 가졌지만, 하루하루가 견디기 힘들었다. 나름 혼자서도 잘 지내던 공간이었는데 이제는 집이 더 쓸쓸했다. 계절은 시간의 고속도로를 달려 썰렁한 가을을 지나고 있었다. 창밖으로 뒤늦은 장마가 이어졌다. 비에 젖은 낙엽을 바라보면서도 한여름 더운 날씨에도 단아와 껴안고 잠들던 밤들이 자꾸만 떠올랐다. 수인은 창문 너머 운서역을 오가는 사람들을 한참 동안 지켜봤다. 두 사람이 헤어졌다고 해서 수인의 사랑이 끝나지는 않았다. 마음은 그대로인 채로, 어쩌면 더 커진 채로 시간을 죽이고 있을 뿐이었다. 그 사랑의 순간이 모두 환상이었다고 해도, 결국 그 온기에 데인다 해도, 그 모든 걸 알고서도 과거로 돌아갈 수만 있다면 단아를 만나는 일만은 반복하고 싶었다. 단아와 함께 보던 OTT 드라마의 다음 시즌이 업데이트되었다는 메일이 왔다. 수인은 이제 함께 다음 시즌을 볼 수 없다는 게 실감이 났다. 비는 그치지 않고 계속 퍼부었다. 수인은 속으로 비가 그치지 않았으면 좋겠다고 생각했다. 빗소리가 멈추고 찾아오는 고요의 칼날은 새벽의 불안한 공기만큼이나 치명적이고 날카로웠다. 적당한 습기와 분주한 소란이 지금의 수인에겐 큰 위로였다. 하지만 어김없이 비가 오면 습기를 싫어하던 단아가 생각나고 말았다. 그렇게 수인은 단아의 부재 속에서도 단아의 존재감을 피부로 느끼고 있었다.

수인은 무기력한 일상을 보냈다. 그 와중에도 영종도는 해무가 잦았다. 창문을 열어도 가끔 뿌연 시야가 눈에 들어왔다. 창문을 닫아도 상황은 마찬가지였다. 수인은 희뿌연 해무가

긴 마음으로 한 달 가까이 칩거하며 흘려보냈다. 어쨌거나 영종도에 살면 언젠가는 단아와 다시 만나 예전으로 돌아가지 않을까, 새로 다시 시작할 수 있지 않을까, 하는 희망을 버릴 수가 없었다. 가장 좋았던 순간들은 떠올리는 것만으로도 기쁘고 행복했던 감정이 솟았고, 동시에 그 감정은 영영 과거일 수밖에 없다는 현실을 상기시켰다. 단아에게 퇴사 사실을 알리고 싶었지만, 채팅방에는 전에 보내놓은 메시지의 1도 아직 사라지지 않았다. 단아의 무응답은 읽지 않았거나, 읽지 않고 싶거나 그중 하나의 마음일 것 같았다. 어느 쪽도 수인이 바라는 쪽은 아니었다.

Arrival

도착

새벽 4시. 어김없이 출근 알람이 울렸다. 먼저 휴대전화로 인천공항 앱을 열어서 비행기의 랜딩 시간에 변동 없는지를 확인했다. 입사 후에 생긴 단아의 습관 중 하나였다. 지연이나 결항 일정은 없었다. 매일 한두 개씩은 쌓이던 수인의 안부 문자도 더 이상 오지 않았다. 단아는 그동안 알람을 꺼두었던 수인의 카톡을 읽을지 말지 잠시 고민하다가 읽지 않았다. 읽는다 해도 뭐가 바뀔 수 있을지 알지 못했다. 1터미널에서 2터미널 락커룸까지 가는 데에 20분 정도 걸릴 것을 고려하면, 최소 5시 30분에는 무료 순환 버스를 타야 했다. 3시간밖에 못 잤다. 왜 달리는지 모르지만, 전속력으로 달리는 꿈을 연달아 꿨다. 마지막 꿈에는 수인이 나왔다. 수인과 미주행 비행기를 타고 최대한 멀리 여행을 떠나는 꿈이었다. 오버헤드 빈속에 정체 모를 휴대 수하물 짐 덩이를 고려할 필요도 없고, 기내에 탑재된 음식 속에 급조폭발물*이 숨겨져 들어오지 않을까 하는 불안 따위는 다른 이들의 몫인 그런 자유로운 여행

---

*　임의적으로 폭발 물질을 조달하여 만들어 낸 사제 폭탄.

을. 안전하고 푹신한 시트에 몸을 깊이 파묻자 귀에 꽂은 이 어폰에서 수인이 추천해 준 인디밴드의 대표곡이 흘러나왔다. 단아는 옆좌석에 앉은 수인에게 이어폰 한쪽을 건넸다. 이어폰을 건네받은 수인은 단아에게 어디 가지 말고 옆에 있어 달라는, 단아가 그토록 듣고 싶던 말을 했다. 고마워. 나를 좀 안심시켜 줘. 나는 더 많은 안심이 필요해. 단아 또한 솔직하게 말할 수 있었다. 꿈이니까. 꿈에서는 뭐든 가능하니까. 그러나 꿈인 것을 확실하게 인지하는 순간 꿈에서 멀어졌다. 눈이 번쩍 떠졌다. 꿈속 감정의 여진이 남은 채로 현실감이 밀려왔다.

'어제 벙커 확인했었나? 사수가 확인 안 하는 거 봐놓고 나한테 말 안 한 거면 어쩌지? 이미 과장님 귀에 들어갔으면?'

불안의 기운이 엄습해 오면 그 순간 무언가를 해야 한다는 신호였다. 단아는 머리카락을 있는 힘껏 헝클어뜨리고는 이불을 젖혔다. 화장대 위의 캘린더를 확인했다. 예상대로 오늘 단아의 포지션은 기내 감시였다. 머리맡에 있던 손바닥만 한 수첩과 볼펜을 제복 조끼 주머니에 다시 꽂아 놓고 욕실로 향했다. 빠르게 씻는 와중에 상상 속에서마저 수인이 자동으로 떠오른다는 사실에 잠시 가슴이 아렸다. 이제 진짜 아무 사이도 아닌데. 자꾸만 수인의 기죽은 목소리가 생각났다. 자신에게도 없을 확신을 달라고 수인에게 강요할 수는 없었다. 하지만 수인을 보면 자꾸만 단아는 자신은 할 수 없는 것들을 요구하고 싶었다. 수인은 충분히 해줄 수 있는 사람 같았으니까. 이런 감정 놀음에 아무렇지 않으려면 어떻게 해야 할까. 시간의 질긴 누적을 견뎌야 하고, 수인과 연락을 끊고 자연스레 멀어지는 것만이 유일한 방법 같았다.

출근 시간보다 이르게 회사 락커룸에 도착했다. 항공편에 따른 준비물을 챙겼다. 항공기 회사마다 챙겨야 하는 준비물이나 통행 인가자의 범위가 달랐기에 꼭 확인해야 했다. 동선을 생각해서 폭발물 탐지기와 다음 일정 준비물까지 챙겼다. 캐리어를 채우고 남은 물건은 따로 카트에 실었다. 준비물 미비로 혼나는 동료나 선배를 많이 봐왔던 터라 괜히 신중해졌다. 파일에 꽂힌 종이 무더기 중에 출석부를 찾아서 사인했다. 단아는 벌써 이곳에서 5개월째 근무 중이었다. 다른 곳이었다면 막내였겠지만, 여기는 신입이 자주 들어와 몇 주 만에 선배 소리를 들었다. 출근부에는 며칠 전에 들어온 사람들 이름 위로 빨간 줄이 그어져 있었다. 이 회사에서 무단결근과 퇴사는 자연스러운 일이었고, 이제는 퇴사자들의 얼굴이나 목소리를 기억하려는 시도는 사치처럼 여겨졌다. 수인은 퇴사했을까? 단아는 문득 수인의 안부가 궁금했다. 이별하기 전에 수인은 말버릇처럼 회사를 관두겠다고 했다. 마치 회사를 그만두면 삶의 모든 문제가 해결되는 사람처럼 그랬다. 이따금 당장 몇 달은 문제가 없다던 수인의 말이 떠올랐다. 어차피 이 관계는 결말이 정해져 있던 게 아니었을까. 수인은 퇴사하고 본가로 돌아갈 것이다. 그러면 두 사람이 함께 만든 추억은 흐려지고, 관계는 자연스럽게 소원해지면서 감정의 잔해도 서서히 줄어들 거였다. 수인과 각자 도착할 시간이 다른 비행을 마친 기분이 들었다.

◆ ◆ ◆

그로부터 한 달 가까이 시간이 흘렀다. 연일 가을비가 내리니 퇴근하고도 집에 바로 귀가하기가 망설여졌다. 텅 빈 집에 있으면 우울하기 딱 좋은 날이었다. 단아는 차라리 연장근무를 하고 싶었다. 하지만 연장할 일이 없었다.

단아는 머릿속을 비우고 싶어서 순환 버스를 탔다. 버스는 수인과 함께 다녀왔던 선녀바위 해변 근처를 지났지만, 창에 성에가 껴서 밖이 잘 보이지 않았다. 지난날 선녀바위 해변에서 빌었던 단아의 소원은 결과적으로 이루어지지 않았다. 쉽게 이뤄질 리가. 해피엔딩 같은 건 애초에 단아에게 없는 선택지였다. 수인과 오랜 시간 함께하겠다던 꿈 역시 어쩌면 금방 사라지는 성에와 같은 것일지 몰랐다. 수인은 그 성에 낀 시간에 온기를 넣을 수 있는 사람이었다. 창가에 수인이 입김을 불어 만들던 창문 스케치북과 손가락 크레파스. 손바닥 날로 스탬프처럼 찍어 만드는 아기 발자국. 단아는 수인이 생각나서 무의식적으로 과거의 기억을 따라 손가락을 움직였다. 수인이는 먼저 창문에 손가락으로 스마일을 그리고, 그 옆에 꼭 하트를 그렸지. 아래에는 손을 이렇게 말아서 찍고, 손가락으로 콕콕콕 찍어 아기 발가락을 만들고는 꼭 칭찬을 원하는 아이 같은 미소로 나를 보며 웃었지. 이게 뭐가 재밌다고. 단아는 성에 위에 그린 자신의 그림을 보며 살짝 미소를 지어봤다. 약간 스마일이 삐뚠 것 같았다. 기억 속 수인의 스마일은 훨씬 더 동글동글하고 귀여웠다. 단아가 그린 스마일에 습기가 더해져 입꼬리가 서서히 창틀 아래로 흘러내렸다. 스마일은 마치 단아와 수인의 결말을 알고 있다는 듯 금세 울상이 되었다. 단아는 손바닥으로 자신이 그린 그림을 거칠게 쓸었다. 잠시 투명해진 창밖에는 여전히 비가 쏟아지고 있었다. 무심하게 내리는 비가 수인과의 기억을 하나둘 땅에 파종하는 느낌이었다. 언제든지 그 기억은 모습을 달리하여 자라날 것이다. 그 사이에서 단아는 습하고 축축한 기분, 무겁지만 사실은 텅 비어 있는 습기를 온전히 느껴야 한다. 단아는 기꺼이 그 무거움을 달게 받고 싶었다. 그러나 오늘은 버스가 이대로 자신을 수인에게로 데려다주었으면 싶었다.

차라리 연장근무라도 하고 싶다는 바람 때문이었을까. 독감에 걸린 동료의 빈자리를 채우느라 휴무를 몇 번 반납했다. 겨우 돌아온 단아의 휴무에는 다행히도 비가 오지 않았다.

여름내 길고 길었던 장마는 초가을까지 계속되어 빛이 잘 안 들어오는 단아의 원룸에 곰팡이를 피우곤 했다. 단아는 집에 갇힌 기분이 들 때면 석고를 만들었다. 그간 쌓인 석고가 꽤 많았다. 단아는 모아둔 석고를 정리하기로 마음먹었다. 굳혀두었던 석고를 들고 빌라 뒤쪽 화단으로 갔다. 프레임에 잘 맞춰 넣었다고 생각했는데 생각보다 기포가 들어가거나 깨진 석고가 많았다. 화단에는 해무가 가득해서 근거리만 겨우 보였다. 안개는 걸을 때마다 조금씩 길을 내어줬다. 단아는 생각했다. 애초에 그렇게 갑작스럽게 각자의 패를 다 보여주는 게 아니었다고. 천천히 시간을 두고 서로의 안개를 서서히 걷으며 다가갔어야 했다고. 그렇게 하지 않아서 급히 쌓은 모래성처럼 관계가 한순간에 무너져버린 거라고.

단아는 무거운 석고를 다른 손으로 고쳐 들었다. 왜 그렇게 에너지를 쏟아서 굳혔을까? 굳은 석고에 남은 일은 깨지는 것뿐이었다. 테두리가 서서히 부서지거나 한 번에 쩍 갈라지거나 둘 중 하나다. 관계 청산. 어쩌면 가장 미루고 싶고, 어쩌면 가장 바라왔을 순간이었다. 관리가 안 된 빌라의 화단에는 용도를 알 수 없는 시멘트 덩어리가 쌓여 있었고, 풀이 제멋대로 그 틈새를 뚫고 자라 있었다. 봉지에서 석고를 꺼내 망치로 내리쳤다. 망치의 충격을 그대로 받은 석고는 일시에 쩍 하고 소리를 내며 부서졌다. 습한 날씨 덕분에 먼지가 많이 나오지 않았다. 가져온 여분의 석고를 꺼내 돌 위에 올리고 같은 행동을 반복했다. 예전에는 이 정도의 행동이면 스트레스가 풀렸는데 이제는 자신의 행동이 하나같이 한심하고 모나 보였다. 어쩌면 이런 파괴적인 모습들이 모여 자신을 이루고 있는지도 모른다는 생각이 들었다. 이제껏 자의적인 파괴가 타의적 파괴보다 낫다고 믿었는데, 어쨌거나 파괴는 파괴였다. 모든 파괴는 잔해를 남긴다. 사랑, 호기심, 호르몬의 장난……. 정체가 뭐든 이제 빨리 끝내고 싶었다. 누군가를 오래 생각하는 일도, 한 사람에게 에너지를 쓰는 일도, 함께하는 미래에 대해 일말의 희망을 품는 일까지도 자신의 생계에 아무런 도움이 되지 않았다. 수인과 마음이 통한 이후, 마음이 요동칠 때마다 잠시 이러다가 말겠지 생각했다. 애초에 수인과 멀리 가지 않을 거라고, 깊어지지 않을 거라고 수시로 다짐했다. 최소한의 에너지는 남겨 놓아야 절망의 순간이 와도 일어설 수 있었다. 단아는 수인이 삶에서 완전히 떠나더라도 다시 일어서야만 하는 비상시를 대비해야 했다. 단아의 삶에서 비상시는 늘 상시로 찾아왔기에, 단아 자신도 잘 알고 있었다. 조급과 불안은 원래부터 자신의 일부였다는 것을.

단아는 과제를 해치우듯 마지막 석고를 깨려고 망치를 들었다. 그 순간이었다. 아스팔트 틈새로 자란 풀들 사이에서 작은 털별꽃아재비가 듬성듬성 보였다. 작지만 갖출 것은 모두 갖춘 식물이 존재감을 뽐내고 있었다. 바람에 흔들리면서도 빳빳하게 고개를 들고 있는 한해살이 식물의 강인함에 손에서 절로 힘이 풀렸다. 망치를 바닥에 조심히 내려놓고, 아직 깨지 않은 석고와 깨버린 석고 조각을 주섬주섬 같은 쓰레기 봉지에 담았다. 풀꽃을 향해 입바람을 불었다. 석고 가루가 입김을 타고 흩어졌다. 털별꽃아재비는 흔들거렸지만 부러지지 않았다. 빌라 앞 전봇대에 깨진 석고가 담긴 쓰레기 봉지를 버렸다. 뭘 굳히고, 뭘 깼는지 자신조차도 알 수 없었다. 석고를 깨기 전이나 후나 단아의 마음은 달라진 게 없었다. 몸속 어디선가 숨이 막혀왔다. 단아는 어수선한 마음으로 평소 자주 오르는 빌라 근처 동산에 올랐다.

1차 보안검색원이 되겠다고 버스 타고 영종대교를 넘어올 때만 해도 알 수 없는 희망에 부풀었다. 해외를 가보진 못했지만, 해외와 가장 가까운 곳이었다. 외국만큼 낯설면서도 비행기와 가장 가까운 곳. 입국하는 사람들 사이에 섞여 그들이 누리고 온 세계를 간접적으로나마 느끼고 싶었다. 그러나 단아가 머무는 곳은 허름한 빌라와 낮은 동산이 고작이었다. 현실은 원래 이토록 남루한데. 그걸 모르는 게 아닌데. 여기마저 떠나고 싶어지면 어떡하나. 단아는 벤치에 앉아서 주변에서 서서히 틈입해 오는 침엽수 향을 들이마셨다. 가만히 심호흡하고 있을 때 누군가 가까이 다가왔다.

"단아, 맞지?"

미애였다. 반려견을 데리고 산책 중인 모양이었다. 단아는 미애가 어물쩍 스쳐 지나갈 줄 알았다. 사실 그러길 바랐다. 다가오는 미애를 모르는 체하기가 겸연쩍어 가볍게 인사를 했다. 미애는 다짜고짜 단아의 옆에 앉았다. 단아의 급조한 미소에서 자신도 모르는 한숨이 묻어 나왔다.

"요새 어떻게 지내?"

"그냥 똑같이 일하죠. 언니…… 는요?"

언니, 선배, 그쪽 중에 뭐라고 지칭해야 할지 순간 고민했다. 선배라기엔 같은 회사도 아니고, 그쪽이라고 칭하면 좀 정 떨어져 보일 것 같아서 돈 드는 것도 아니니 언니라고 말해버렸다. 말하고 나서 미애의 표정을 살폈다. 아무렇지 않아 보였다. 항상 미애 앞에만 서면 단아는 심판대에서 조마조마 차례를 기다리는 기분이었다.

미애는 가방에서 물병을 꺼내 물을 마시곤 길고 긴 장마의 고충을 호소하다가, 갑자기 카페 사장 욕을 늘어놓더니 돌연 원두 맛은 나쁘지 않다면서 자신이 다니는 베이커리 카페에 놀러 오라는 빈말을 건넸다. 단아가 추임새도 없이 끄덕이기만 하자 잠시 정적이 맴돌았다. 미애는 수인이 겪은 베니 사건을 언급하면서 영상 속에는 자신도 있었다며, 본인이 뺨 맞을 때는 왜 아무도 그런 불법 촬영조차 안 해줬는지 모르겠다고 투덜댔다. 단아가 무슨 말로 대꾸해야 하나 한참 고민하자, 돌연 미애는 쓸쓸한 눈빛을 보였다.

"나는 내가 다른 사람 일에 민감한 만큼, 아니 그 절반의 반 만큼이라도 누군가는 내가 겪은 일에 조금은 분노해줄 줄 알았어. 착각이었지. 다들 각자 먹고살기 바쁘더라. 당연한 거지. 근데 나는 내가 노조로 활동하지 않았더라면 오히려 내 일을 버티지 못했을 것 같아. 그래서 계속 의미를 찾고 싶어서 끈질기게 그 끈을 붙잡았어. 시스템의 견고함을 무너뜨리는 사람, 상향 평준화에 기여한 사람으로 남들에게 내 존재를 각인시키고 싶었나 봐. 그게 얼마나 나 자신을 지치게 하는 줄도 모르고 말이야. 사실 혼자이기 싫어서 연결감을 이용한 거야. 나는 이제 그 모든 게 무슨 의미인지 모르겠어. 그냥 사람에게 좀 지쳐."

"무슨 의미긴요. 언니의 그 모든 행보가 다 의미죠. 언니 덕분에 처우가 개선된 직원들도 많았잖아요. 그리고 혼자이기 싫은 게 죄예요?"

"죄는 아니지. 하지만 허탈하고 무력했던 건 사실이야. 무기계약직. 그걸 개선이라고 할 수 있을까? 자회사 정규직 전환 시험? 오히려 그 시험 때문에 잘 다니던 계약직 직원이 퇴사하는 일도 많았어. 내가 뭘 추종했고, 뭘 위했던 건지 잘 모르겠더라. 내 진심이 거기까지였을지도 모르지."

"언니처럼 정규직으로 전환된 쪽도 있으니까요. 기존 정규직들의 반발도 심했는데 국가 입장에서는 무조건으로 다 개선해 줄 수도 없지 않겠어요? 시행령이 있고 법령이 있듯이, 체계나 규칙도 단계라는 게 있을 거잖아요. 그렇게 다른 분들 안위까지 걱정되시는 분이 왜 갑자기 그런 방식으로 그만뒀어요? 언니가 연락 안 될 때 수인이가 얼마나……."

단아는 자신이 사측을 대변하던 수인의 말투를 따라 한다는 걸 깨달았다. 다른 입장, 입장 차이라는 단어는 단아가 가장 싫어하는 말이었다. 애초에 안정권에 있는 사람들의 입장을 굳이 이해하고 싶지 않았고, 그런 단어로 복잡한 상황을 쉽게 정당화하는 것이 싫었다. 하지만 수인에게 분노하고 다투면서 자신이 미처 생각하지 못한 부분을 알게 된 것도 사실이었다. 주은의 산재 사고 역시 아직 해결되지 않았다. 주은의 사고는 수인과는 전혀 관련이 없었는데 왜 그날 그렇게까지 상처를 주면서 무고한 수인을 몰아붙였을까. 단아는 지난날이 후회스러워서 마음이 울적해졌다. 그 상황에서 잘못한 사람은 수인이 아니었는데, 왜 자신을 조건 없이 사랑해 주는 수인을 상대로 화를 냈는지 생각할수록 괴로웠다.

"그러게. 나는 자회사 정규직이 되고 상여에 연봉까지 올랐는데 여전히 정의로운 척 밤에 잠 못 자고 팸플릿을 만들었어. 그때는 그게 의리라고 믿었어. 정말 다 같이 움직이니 세상이 조금씩 바뀌는구나 싶고, 내가 그 산증인 중 한 명이라는 사실이 좋았지. 근데 내가 수모를 당할 땐 아무도 나를 지켜주지 않더라. 내가 목숨 걸고 지킨 게 직장인지, 동료인지, 아니면 세상을 바꾸겠다는 무모한 환상에 빠져서 어떻게든 어디든 소속되려고 애쓴 건지 혼란스럽더라고. 그리고 자회사 정규직이 되었다고 정년이 보장되는 것도 아니잖아. 근무 시간이 확 줄어드는 것도 아니고, 무늬만 정규직이지 피곤하고 고된 건 그대로였어.”

“요즘 어떤 일도 정년이 보장되지는 않아요. 그래도 언니가 참여했던 시간과 기록은 그 자체로 다 의미가 있었어요. 제겐 언니가 희생을 감수하면서까지 그렇게 용기 낼 수 있다는 것 자체가 전부 부러움이었어요.”

“단아 네가 그런 말 하니까 뭔가 이상하게 힘이 나네.”

단아는 자신을 한동안 의미심장하게 바라보는 미애의 눈빛에 주눅 들지 않으려고 애썼다. 미애는 그렇구나, 하고는 긴 한숨을 쉬었다. 미애가 옆에 앉을 때부터 수인에 관련된 이야기를 기대했던 단아는 아쉬움을 감출 수가 없었다. 수인이 미애를 애틋하게 생각하는 것만큼 미애는 수인을 생각하지 않는 것 같았다. 그게 어떤 면에서는 다행이면서도 한편으로는 얄미운 마음이 들었다. 미애가 단아의 마음을 읽는 듯이 먼저 말을 꺼냈다.

“수인이는 퇴사했어도 밝더라. 걘 해맑아서 어디를 가나 무던하게 잘 적응할 애야. 서울에 가면 일할 자리도 많이 있을 텐데, 당분간 휴식 좀 하다가 천천히 일 구하겠다는 거 보면 집이 좀 사나 봐? 단아야, 솔직히 말해봐. 네가 보기에도 그런 것 같지?”

미애의 농 섞인 추측이 어느 정도는 진지한 호기심 같았다. 단아는 수인의 얘기가 반가운 외중에도 수인이 여기에서 일을 다시 구하겠다는 말이 무슨 뜻인지 헤아리려 했다.

"근데, 수인이는 왜 여기 안 떠난대요?"

생각들이 겹겹이 쌓여 두서도 없이 갑작스럽게 말이 튀어나왔다. 묻고 나서 아차 싶었다. 단아는 미애가 수인에게 자신의 질문을 왜곡해서 전달하면 어쩌나 생각했다. 그때 미애의 목소리가 바로 허공을 치고 들어왔다.

"당연히 단아 너 때문이지. 네가 혼자 남는 게 싫대. 너랑 이렇게라도 가까이 있고 싶다고 하던데?"

미애의 말에 가슴이 철렁했다. 수인이 정말 그런 뉘앙스로 말했을까? 미애가 수인의 의지와 상관없이 본인이 추측한 것을 진실처럼 말했을지도 모른다. 아니면 미애가 뭔가를 눈치채고서 자신을 떠보는 것일지도 몰랐다. 단아는 최악의 경우 수인이 두 사람의 모든 일을 시시콜콜 미애에게 말했을지도 모른다는 생각까지 들었다. 의심도 버릇이었다. 두통이 몰려왔다. 단아의 당황한 표정에도 개의치 않고 미애는 수인이 단아를 많이 의지하고 있다는 둥, 수인의 옆에 단아가 있어서 다행이라는 둥 의중이 뭔지 알 수 없는 말을 했다. 단아는 형식적인 대꾸도 하지 않았다. 그저 줄이 꼬여 끙끙대는 미애네

비숑을 말없이 바라봤다. 동그랗고 순진무구한 눈, 아무런 계산 없이 사랑할 줄 아는 그런 눈이었다. 사랑을 주는 것만으로 이미 벅찬 눈빛. 단아는 그 눈을 보면서 맑게 빛나던 단 한 사람의 눈동자를 떠올렸다. 만감이 교차했다.

며칠 후 단아는 253 게이트 안에 마련된 승객용 의자에 앉아 연착된 비행기를 기다렸다. 그동안 비행기가 지연되는 경우는 많았지만, 오늘만큼이나 기다리기 힘들지는 않았다. 이별 이후 수인이 가까워지려 하면 할수록 필사적으로 달아나려고 애썼다. 정말 수인의 마음이 자신에게서 온전히 떠나고 아무것도 남지 않으면 그건 그것대로 힘들어할 거면서 그랬다. 단아의 복잡한 속마음을 더 보여줄 수도, 터놓고 말할 수도 없었다. 수인이 진짜 영종도를 떠나지 않을까? 수인은 그저 본인의 삶을 살아가는 것뿐, 다른 의미는 없다는 것을 알았다. 그래도 자꾸만 기대됐다. 만약에 수인과 다시 만나면, 그저 재밌기만 하던 친구 관계로 되돌아갈 수는 없을까? 진짜 그 이상을 욕심내지 않을 수 있을까? 알 수 없었다. 연착된 비행기는 도착해 봐야 정확한 도착 시간을 알 수 있다. 좋은 결말은 없다고 되뇌면서도 결말까지만 가지 않으면 계속 여정 아니냐는 마음 때문에 관계가 이 지경이 된 것인지도 몰랐다.

멈추는 방법도 모르면서 안전장치 하나 없이 무턱대고 상공으로 떠버린 까닭이었다.

두 사람이 처음 서로의 마음에 닿아 이륙한 그날처럼 하늘에서는 장대비가 쏟아지고 우레가 연이어 일어났다. 창밖은 어둑해졌다. 그러나 주기장의 바닥 면에 빗물이 흥건해지자, 반사광은 더욱 찬란해졌다. 형광 옷을 입은 사람들은 우비를 쓰고 바삐 움직였다. 단아의 눈에는 모두 어디론가 떠날 사람들처럼 보였다. 떠나거나 돌아오거나, 머무르지 않고 흘러가는 사람들. 영원한 이방인. 영원할 수 없는 사랑처럼. 승강기를 타고 내려와 자고 가라고 말하던, 그날의 상기된 수인의 얼굴이 투명한 유리창에 자꾸만 어른거렸다. 빗줄기가 세차게 뻗치는 주기장에는 여객기가 빗물에 번들거리며 각자의 시간을 묵묵히 견디고 있었다. 모든 건 그냥 단순하게 견디다 보면 시간이 해결해 줄 수도 있었다. 수인과 완전한 각자가 되어, 서로에게 아무 영향도 주지 않을 그런 날이 오길, 그때까지 힘주어 버틸 수 있길. 단아는 방향이 어떻든 천천히 착륙하여 결국에는 안전한 땅에 닿을 거라고 안일하게 믿었다.

퇴사 후 몇 달이 지났지만, 어떤 경우에도 비행은 멈추지 않았다.
저 멀리 에어인디아의 비행기 꼬리가 보였다. 수인은 우연히 찾은 카페에서 미애를 만났다. 미애는 보안검색 일을 그만둔 뒤로 해변 근처 베이커리 카페에서 계약직으로 일하고 있었다. 그래도 퇴근 후 커피는 다른 카페에서 마셔야 꿀맛이라는 말을 덧붙이며 개구쟁이 얼굴로 웃었다. 수인은 자신이 생각했던 것보다 미애가 잘 지내고 있어서 안도와 함께 서운함이 밀려왔다. 수인은 자신의 퇴사 소식을 담백하게 전했다. 미애는 이유를 묻지 않아도 대충 알겠다는 표정이었다.

"나야 전세 계약 때문에 그렇다 치고, 넌 왜 안 떠나는데? 부모님 집으로 돌아가면 되잖아."

"어떻게 한 독립인데요. 혼자 남을 단아도 걱정되고요."

"걘 아직도 네가 좋아하는 거 모르지? 차라리 둘이 터놓고 대화를 해봐."

"아이, 선배 그렇게 간단한 일이 아니라니까요."

수인은 그때 다시 깨달았다. 휴게실에서 이 일이 녹록지 않지? 물어줬던 것처럼 단아의 이야기를 편견 없이 들어주던 유일한 사람도 미애였다는 것을. 미애가 없는 사이에 단아와 급격히 가까워졌고, 가까워졌다고 안심했을 때 갑자기 멀어졌다. 미애가 없는 사이에 시작부터 정리까지 이미 끝난 관계. 하지만 그 사실을 알 리 없는 미애는 사랑을 위해 용기를 내라면서 희망적이고 동시에 절망적인 응원을 반복했다. 수인은 마른침을 삼켰다. 아직 마음속에서 완전히 정리되지 않은 말을 어떻게 꺼내 놓아야 할지 알 수 없었다. 지금도 단아의 이름을 떠올리면 가슴 한구석이 시큰거렸다.

"그때 클렌징 티슈 사건 때 선배한테 힘이 되어 주지 못해서 미안해요. 변명이지만 어떻게 해야 하는지 모른다는 핑계로 아무것도 하지 못한 게 참 후회가 되더라고요. 어떤 건 개인의 노력만으로는 해결되지 않는 건데. 저도 선배 편에서 목소리를 보탰어야 했는데……."

수인은 갑자기 이상하게 단아가 생각나 울컥했다. 피해 노동자의 입장을 대변하던 단아에게 개인의 노력 여하를 운운했던 자신이 창피하기도 하고, 단아에게 서운한 마음을 돌려 말하느라 단아의 옛 동료를 이상하다는 식으로 몰아붙였던 여행지에서의 악몽이 떠올랐다.

"아니야. 불려 다니기 싫어서 내가 혼자 결정해서 잠적한 건데 뭐. 내가 그때 심통이 났었나 봐. 혼자 기대하고 혼자 실

226

망한 거지 뭐.”

“아니에요. 저라도 같았을 거예요. 혼자인 느낌, 목소리 내는 사람을 별난 사람처럼 몰아가는 상황들, 저도 이제 조금은 알 것 같아요. 선배가 옆에서 노조 활동을 하는데도 제가 잘 모른다는 이유로 선배를 외롭게 한 건 아닌지 모르겠어요.”

“세상 천진한 수인이 네가 현실을 아는 것도 싫었어.”

“아뇨, 저 같은 무지한 후배 만나면 꼭 알려주세요. 선배 같은 사람들 덕분에 빛으로 함께 가는 사람들이 많다는 것을요.”

“무지라기 보다 관심사가 다른 거야. 모두가 사정이 있는데 무조건 빛과 어둠으로 나눌 순 없지. 그런데 수인아, 그새 무슨 일 있었니? 훌쩍 생각이 많아졌다?”

“지칠 때 패스 건네주는 선배가 없어서 일이 녹록지 않았나 보죠, 뭐.”

수인이 웃음을 터트리자, 미애가 따라 웃었다. 빛과 어둠으로 나눌 수 없다는 미애의 말에 단아가 생각이 났다. 단아와 있었던 일을 모두 털어놓고 싶기도 했지만, 그럴 수 없기도 했다. 과거에 수인은 단아와의 이별이 두려워 솔직하지 못했다. 그리고 지금은 단아와의 시간을 함축하고 싶지 않아서 말할 수가 없다. 때로는 너무 넓고 깊어 말할 수 없는 것들도 있었다. 어떤 비밀은 가짜가 아니라 진짜보다 더 진짜라는 사실도. 그러니 진실이 더 깊은 심해 속으로 완전히 가라앉을 수 있다는 사실도 말이다. 문득 엄마 아빠 생각이 났다. 입양 사실을 숨겼다는 것에만 몰두하느라 그 마음의 원천까지 헤아릴 기력이 없었다. 미안한 마음에 코끝이 찡했다. 수인은 카페에서 미애와 오래 이야기를 나눴다. 단아의 이야기가 아니라도 할 말이 많았다. 미애는 언제 잠적했냐는 듯 수인이 아는 미애의 모습 그대로였다. 수인은 마음속으로 단아도 수인이 아는 모습 그대로일까 생각하면서 미애의 이야기에 맞장구를 쳤다.

미애를 만나고 집으로 돌아와 시간을 확인하려고 방전되어 있던 휴대전화를 켰다. 그 짧은 사이 부모님의 연락이 십수 통 와 있었다. 놀란 수인은 곧바로 아빠에게 전화를 걸었다. 아빠와 엄마 모두 전화가 연결되지 않았다. 수인이 영종도로 취업한 이후 부모님은 하와이를 오가며 자유롭게 지냈다. 두 분 다 연금으로도 생활이 충분히 가능했고, 하와이에 투자해 둔 숙소도 있기에 가능한 일이었다. 무엇보다 부모가 자신으로부터 놓여 원하는 삶을 맘껏 살아보는 것, 그건 수인의 바람이기도 했다. 그동안은 부모님과 간간이 카톡과 영상통화로 연락했다. 마지막까지 수인의 마음을 되돌려 더 공부시키고 싶어 했던 엄마였는데, 안 좋은 사건에 휘말렸다고 하면 당장 돌아오라고 할 것 같아 쉬쉬한 것도 있었다. 그게 자신과 부모님의 적당한 관계를 지키는 방법이라 믿었다. 하지만 막상 부모님과 연락이 닿지 않으니 불안했다. 수인은 갑자기 맥박이 빨라지고 손이 떨리는 것을 느꼈다. 영종도로 오기 전날 했던 말들을 모조리 주워 담고 싶었다.

1차 보안검색원 합격 발표가 났을 때였다. 수인은 혼자서 미리 봐두었던 운서역의 오피스텔을 계약하고 서울로 올라왔다. 방으로 들어간 수인은 캐리어에 짐을 챙겼다. 집 안엔 무거운 정적이 흐르고 있었다. 아빠는 수인에게 화나 있는 엄마를 어르고 있었다. 수인은 엄마가 화난 이유를 알면서도 모른 체했다. 엄마는 그 와중에도 수인이 좋아하는 아롱사태 장조림을 끓이고 있었다. 장조림 냄새에 자꾸만 짐을 싸는 손이 느려졌지만, 이미 엎질러진 물이었다. 수인은 더 이상 부모님께 짐이 되고 싶지 않았다.

"자주 연락할게."

엄마는 침묵을 유지한 채 싸놓은 반찬을 차곡차곡 용기에 담아서 건넸다. 아빠가 옆에서 엄마를 안아주라는 무언의 눈빛을 보냈다. 수인은 캐리어에서 손을 놓고 앞치마에 손을 닦으며 딴청을 피우는 엄마를 안았다. 그리고 엄마의 등을 몇 번 쓸면서 토닥거렸다. 특별하지 않은 날에도 수인을 특별하게 대해 주던 엄마식 포옹을 배운 대로 돌려주었다. 독립하겠다는 의지와 함께. 엄마는 깊은 한숨을 내쉬더니 진짜 가야겠냐고 물었다. 위약금은 얼마든지 엄마가 내주겠다고 덧붙이면서 수인을 아련한 눈으로 쳐다봤다.

"더 이상 짐이 되고 싶지 않아서 그래. 나도 돈 벌어서 효도도 하고 내 앞가림도 해야지 언제까지 어린애처럼 신세만 지고 있을 수 없지. 피붙이도 아닌 나를 지금까지 키워준 것도 감사한데……."

"수인아, 너 어떻게……"

아빠의 말에 수인은 뒷걸음질 치며 다시 캐리어 손잡이를 잡았다. 공기가 일순 경직되었다. 수인은 한참 애먼 손잡이만 만지작거리다가 천천히 입을 열었다.

"대학에 들어가고 나서 제출할 서류가 있어서 직접 찾아보다 우연히 내 입양 관련 서류를 봤어. 그리고 초본을 떼다가 확실하게 알게 되었지. 내가 친자식이 아니라는 것을. 그제야 떠오른 거야. 어릴 때 엄마가 친척들 올 때마다 울고 화내던 거, 누가 나한테 뭐라도 물어보려고 하면 말을 막고 나를 격리하려고 했던 거, 내가 엄마 만삭 사진이나 태몽을 궁금해할 때마다 이상하게 말을 돌리던 모습까지 말이야. 내가 살면서 의아했던 모든 게 그 순간 전부 맞춰지더라고."

입양 사실을 알고 있다는 걸 입 밖으로 꺼낸 건 그날이 처음이었다. 엄마는 잠시 아무 말 없이 입술만 깨물었고, 아빠는 수인과 아내를 번갈아 보며 상황을 정리하려고 애썼다.

"수인아. 일단 앉아봐. 네가 궁금해하는 게 당연해. 그 부분에 대해서는 우리가 천천히 다 얘기해 줄게."

"더 할 얘기가 뭐가 있어. 이만큼 키워준 것도 정말 고맙게 생각해. 친척들 말처럼 빨리 돈 벌어서 부모님께 효도하는 게 맞지. 나도 알아."

엄마가 수인의 등짝을 인정사정없이 후려쳤다. 제스처만 컸지 별로 아프지는 않았다. 수인은 엄마의 손에 힘이 없어서 가슴이 아팠다. 어느새 엄마의 두 눈이 빨갛게 충혈되어 있었다.

"내가 언제 너 보고 돈 벌래? 효도하래? 알면서 왜 안 물어봤어? 알고도 수년간 숨긴 건 엄마한테 벌준 거니? 네가 그 사실을 알고 별의별 생각을 다 했을 걸 떠올리며 엄마 속앓이 하라고? 너한테 우리는 뭐니? 정말 키워준 거, 그게 다라고 생각해? 왜 묻지도 않고 중요한 것들을 혼자 결정해! 왜! 그래서 잘 다니던 대학도 자퇴하고 갑자기 뜬금없이 학교도 옮겼던 거야?"

"당신 진정해. 감정적으로 이야기하지 말고, 다들 앉아봐."

"아빠는 뭘 자꾸 앉으래. 이제부터라도 내 인생 내가 찾으면서 살고 싶어. 나야말로 이 사실을 알고 나서 그동안 벌 받는 심정으로 살았어. 내가 모르는 내 인생이 존재한다는 걸 안 순간부터 나는 숨을 쉴 수가 없었다고. 더 길어지면 엄마 쓰러지겠다. 내가 가서 전화할게."

"진짜 집을 두고 왜 나가! 왜 굳이 그 좁은 집에서 힘든 일을 자처하려는 건데."

"거기가 내 진짜 삶이니까."

"이수인!"

"나는 내 진짜 이름이랑 성도 모르잖아. 이제는 내 진짜 인생을 살래."

수인은 아빠의 다그침에 급발진했다. 수인은 자신이 직접 말할수록 가짜 딸인 것을 확인하는 것만 같아서 캐리어를 끌고 급히 나왔다. 울면서 승강기를 기다렸다. 아빠가 문밖을 따라 나와서 힘으로 짐가방에 봉투를 구겨 넣었다.

"비상시를 위해 가지고만 다녀. 몸조심하고. 아빠가 엄마 상태 보고 다시 연락할게. 그리고 수인아, 누가 뭐래도 너는 우리의 딸이야."

승강기 문이 닫힐 때까지 수인은 아무런 말을 할 수가 없었다. 감정의 해결법을 알지 못했다. 사랑하는 건 수인도 변함없었다. 하지만 아빠의 말을 듣는 순간 알았다. 어떤 자극에도 끄떡없이 변함없는 사이인 걸 확인받고 싶어서 무리수를 두었다는 것을. 그동안 알고 있다는 사실을 숨긴 이유는 버림받을까 봐 두려운 마음 때문이었다는 것을. 하지만 그때까지만 해도 수인은 앞으로 만회할 날이 많다고만 생각했다. 봉투에는 메시지 카드와 고액의 현금이 들어 있었다. '너의 모든 선택을 응원한다.' 수인은 아빠가 정성들여 썼을 그 다정하고도 뭉툭한 글씨를 오래도록 바라보았다.

♦ ♦ ♦

아빠에게 전화 회신이 왔다. 엄마가 쓰러져 현지 병원에 이송되었다고 했다. 수인의 머릿속에선 그동안 엄마에게 했던 자신의 모진 행동들만 편집되어 떠올랐다. 엄마와 나누던 미소와 울분을 토하던 엄마의 마지막 얼굴이 번갈아 떠올랐다. 그렇게 떠나지 말걸. 좀 더 엄마 곁에서 엄마와 시간을 보낼 걸 하는 후회가 밀려왔다.

엄마는 돌도 채 지나지 않은 수인을 입양했다. 스물한 살 이전에 자신이 입양아라는 사실을 몰랐던 수인은 학창 시절

부모님이 학교에 오면 친구들에게 조부모라고 거짓말을 했다. 부모님만 모르면 된다고 생각했다. 인생에 아무런 도움도 안 되는 사람들의 시선 때문에 사랑으로 거둬준 부모님에게 상처를 줬다. 사랑을 상처로 갚아왔다. 그런데 이제 그 어떤 것으로도 갚을 수 없게 될지도 몰랐다. 인생은 효도할 시간을 따로 마련해 주지 않았다. 수인은 서둘러 가장 빠른 호놀룰루 직항 항공권을 예매했다. 더는 후회하고 싶지 않았다. 버려질까 봐 두려워 경계라는 껍질 속에 숨어만 있던 자신이 원망스러웠다.

비행기 엔진 소리가 컸다. 비행기 좌석에 어떻게 몸을 구겨 넣어도 편하지 않았다. 영종도에 오고 나서 부모님 얼굴을 못 본 시간이 길었다. 단아와 헤어지고 나서 몇 달은 인생이 흔들릴 정도로 처음 겪어보는 상실의 아픔과 힘듦이었다. 평생 자신을 길러준 부모님은 어련히 잘살겠지, 하고 무심코 지나쳤던 시간이 떠올라 수인은 괴로운 마음이 들었다. 길러준 은혜를 이렇게밖에 못 갚나 생각하니 마음이 무거워졌다. 진짜 딸 같지 않다는 것도 어쩌면 수인 스스로가 만들어낸 감옥의 창살 같은 거였다.

수인은 다시 본가로 들어갈 가능성에 대해서도 생각했다.

그러자 문득 단아 생각이 났다. 어쩌면 단아가 원하는 게 자신이 완전히 떠나는 것일지도 모른다는 생각에 기분이 가라앉았다. 장시간 비행하는 동안 수인은 과거를 돌아봤다. 그동안 자신의 상처를 추스르느라 주변을 돌볼 여력이 없었다. 무늬만 독립이었다. 몸은 독립했을지 몰라도, 마음은 입양증명서라는 글자로부터 여전히 독립하지 못했다. 이별했으나 여전히 단아의 생각을 하는 것처럼. 말과 마음 사이에 크나큰 틈이 있었다. 수인은 상공에서 장시간 동안 눈을 감고 그 틈새에 대해 생각했다.

수인과 사귀는 동안 단아는 공중에 붕 뜬 느낌을 애써 외면해 왔다. 평생 어깨에 무게 추를 조절하면서 많은 걸 지고 살아왔다. 앞으로도 공중에 뜰 일이 없을 것이고, 없는 게 당연하다고 생각했다. 하지만 한 사람의 존재가 자신을 순간적으로 공중으로 띄워 올렸다. 깃털처럼 가볍게 띄워 올려서 비행의 기쁨을 맛보게 했다. 사랑이라는 눈에 보이지도 않는 그것은 단아에게 가끔 떠올라도 된다고, 드넓게 비행해도 된다고 허락하는 것 같았다. 그래서 문제였다. 단아는 자신의 것이 아니라고 여겼던 것들에 욕심이 났다. 단아는 자신이 수인에게 영향을 주고 있다고 생각했는데 오히려 수인이 단아를 변하게 했다. 수인과 헤어지고 단아는 수인이 생각날 때면 향수를 뿌렸다. 어쩌다 이 향기를 고집하게 되었을까? 처음에는 엄마의 그녀에게 나는 향기의 정체를 확인하고 싶어서였고, 두 번째는 그 향이 자신이 가진 책임과 무게를 상기시켜 주기 때문이었다. 할머니와 동생을 책임지고 먹여 살리는 일. 동생이 자립할 수 있을 때까지 지원하는 일. 자신의 인생을 개척해 나가는 일까지 단아는 자신의 숙명이라고 주문을 걸듯 되뇌어 왔다. 한데 이제는 레인 머스크 향을 뿌려도 엄마와 엄마의 그녀, 책임져야 할 할머니와 동생이 떠오르지 않았다. 그저 수인만 생각났다. 이 향은 수인이 좋아하던 향기이기도 했다. 단아에게 안길 때마다 좋은 향이 난다면서 보드라운 얼굴을 단아의 가슴팍에 깊이 파묻던 수인의 모습이 눈에 밟혔다.

수인은 늘 그 자리에 있었는데 단아 혼자 지레 겁먹었다. 수인이 떠나는 걸 보느니 자신이 떠나는 게 나았다. 수인은 이제 원래의 삶을 다시 그리워하다가 본가인 서울로 돌아가게 될지 몰랐다. 수인이 그런 선택을 한다고 해도 단아는 붙잡을 수 없을 터였다. 수인에게 모질게 대했던 날이 후회됐다. 수인과 보낸 따뜻했던 시간이 업무 내내 두서없이 떠올랐다. 단아는 수인이 보고 싶을 때마다 수인이 하던 동작이나 손짓, 표정을 따라 했다. 그리고 수인이 즐겨 쓰던 브랜드의 상품을 보면 그 브랜드를 소비할 수인을 상상하며 말없이 오래 만지작거렸다.

퇴근길에 단아는 공항에서 주은을 잠시 만나기로 했다. 단아가 휴무에 가겠다고 했는데 주은은 굳이 공항에서 보고 싶다고 했다. 주은이 공항리무진에서 곧 내리니 걱정하지 말라며 여행을 떠나는 사람들 속에 섞여 있으니, 여행객이 된 기분이 든다고 문자를 보내왔다. 단아는 지금도 문자 알림음이 울리면 제일 먼저 수인이 아닐지 생각하는 자신이 우스웠다.

그때 단아는 수인과 닮은 사람을 보았다. 단아는 그 사람이 수인이면 어떻게 해야 하나 하면서도 뒤따라 걸었다. 수인과 비슷한 체형에 갈색빛 파마머리였다. 어깨를 돌려세우기 전까지 심장이 빠르게 요동쳤다. 단아의 기척에 뒤를 돌아본 사람은 역시 수인이 아니었다. 단아는 죄송하다고 말하고 발걸음을 서둘렀다. 막상 수인이었으면 무슨 말을 할 수 있었을까. 안도와 아쉬움이 동시에 밀려왔다. 단아는 언제쯤 수인을 향한 자신의 마음이 잔잔해질지 알 수 없었다.

"언니! 여기 있었네요? 한참 찾았잖아요."

몇 달 전 병원복을 입고 있을 때와 다르게 주은은 나름 꾸미고 나왔다. 단아를 만날 때 주은은 거의 공장 생산 유니폼이나 회색 운동복, 아니면 환자복 차림이었다. 청치마에 브랜드 로고가 박힌 흰 티를 입은 주은은 대학생 새내기 같은 느낌을 풍겼다. 다만 붕대로 칭칭 감긴 한쪽 발목과 뒤뚱거리는 걸음이 자꾸만 단아의 시선을 머물게 했다.

"아, 부목이요? 무거워서 못 들고 다니겠는 거예요. 오늘 착장과도 안 어울리고요."

"그래, 오느라 고생했어. 우리 어디든 들어가서 앉자."

238

단아는 주은을 부축하려고 했지만, 주은은 자기 스타일 아니라며 엉덩이를 흔들면서 더 우스꽝스럽게 걸었다. 단아는 못 말린다는 표정을 지으며 같이 들어갈 카페를 찾았다. 공항 지하에 있는 햄버거집이 보여 그곳으로 갔다. 주은은 아픈 일을 겪은 사람치고 해맑아 보였다. 단아는 그 해맑음 속에서 수인의 슬픈 얼굴이 겹치는 이유를 알 수가 없었다. 그간 단아는 수인과 헤어지면서 자신에게 남아 있던 일말의 행복과도 멀어졌다고 믿으며 잘 웃지 않고 지내왔다. 키오스크 앞에서 단아가 골똘하게 생각에 빠지자, 주은이 단아의 햄버거까지 주문해 줬다.

"내가 들고 갈게 앉아 있어, 주은아."

"언니, 저 팔은 정말 짱짱해요. 보실래요?"

"아니, 괜찮아. 팔 내려."

주은이 갑자기 근육맨 포즈를 하더니 허공에 팔을 돌리기까지 했다. 단아는 주변 사람들의 눈을 의식하며 주은을 말렸다. 결국 함께 음식을 가지고 자리로 갔다. 앞사람이 남겨 놓은 음식물이 테이블에 그대로 있었지만, 매장에서는 버거를 만드는 것만도 벅차서 테이블까지 정리할 여력이 없어 보였다. 단아는 가방에서 꺼낸 물티슈로 모르는 사람이 남겨둔 흔적을 닦고 닦았다.

"언니, 저분들은 정규직일까요? 계약직일까요? 너무 열심히 하는 것 같지 않아요? 진짜 업무 강도 너무 세다. 그렇죠? 그래도 회전율이 빨라서 그런지 소고기 패티는 따뜻하네요."

"그러게. 그래서 넌 어떤데? 회사랑 이야기 잘 했어? 병원비는 어떻게 됐어?"

"그날 언니 다녀가고 얼마 뒤에 산재 처리과 공무원 선생님들이 병원으로 오셨어요. 보상 업무를 하는 분들답게 철저하더라고요. 저는 회사에 악의는 없었어요. 하지만 언니 말대로 내가 먼저라는 사실은 변함이 없잖아요. 회사에서 일을 하다가 다쳤지만 인정 범위 안에 들어가지 않아 억울하다고 호소했죠. 그제야 회사에서 적당히 합의 보자고 연락이 오더라고요. 여기 아니면 당장 생활이 힘들지 않냐고 회유하면서요."

합의란 단어에 단아는 자신도 모르게 얼굴에 힘을 줬다. 단아가 아무런 말이 없자 주은은 조심스럽게 다시 말문을 열었다.

"본청 정규직으로 전환시켜줄 테니 일을 그만 키우라고 하던데요? 솔직히 말해서 솔깃했어요. 이왕 다닐 곳이면 괜히 미운털 박히기 싫더라고요. 이미 산재 신청부터 그랬겠지만, 그래도 다닐 곳이라 더 끝을 보면 안 될 것 같았어요. 언니는 아시잖아요. 제가 오랫동안 본청 정규직이 되고 싶어 했던 거."

단아가 한숨을 쉬었다.

"언니가 우려하는 게 뭔지 알아요. 당장 달콤하다고 해서 그게 근본적인 해결이 아니라는 말을 하고 싶은 거죠? 그런데 요. 이 회사에서 생산직으로 근무하지 않았으면, 우리 가족들 생활비도 못 보태고 저는 할 줄 아는 것도 없어서 여전히 골 칫거리였을 거예요. 그저 지금은 제 상황에 맞게 최선을 다하 면서 살아야지 싶어요. 정규직이 돼서 좀 더 안전해지고 싶어 요. 계약직은 제일 궂은일을 하면서도 기업의 위기 상황에선 가장 먼저 구조 조정되잖아요. 저는 다른 묘책이 있을 때까지 는 버텨야 해요. 우리 가족은 진짜 제가 아니면 안 되거든요."

"그렇구나. 애인 줄 알았는데 많이 컸네?"

"언니, 그래서 말인데…… 산재는 정리하고 몸 회복되는 대 로 저는 합의를 볼 것 같아요. 이렇게 속물적으로 타협하는 거, 언니가 바라는 모습은 아니었을 텐데 죄송해요."

"뭘 죄송해. 네 선택이지. 나는 네가 산재 신청하고 나니까 그제야 보상해주겠다며 합의하자고 나서는 그들의 태도가 기 분 나쁠 뿐이야. 너는 잘못 없어."

"그래도 좀 실망하셨죠?"

"기억나? 2년 전에 회사가 합병하면서 우리 급여 올려주는 척, 정규직 고졸 노동자에서 계약직 근무자로 전환시켰잖아.

그때는 일이 줄어들고 급여만 더 받으면 되는 거 아닌가, 어차피 그만둘 회사, 이러면서 그냥 다녔는데, 그게 사실은 우리의 안전장치를 발로 찬 행위였다는 걸 나중에 알았어. 되돌리기엔 늦었지. 그때 나는 고용 형태의 차이점에 대해 어려서 잘 모른다는 이유로 가만히 있었어. 사실 알아보려고 노력하지도 않았지. 오히려 그걸 문제 삼는 직원들을 피곤하게 산다며 힐난했던 것 같아. 그때 너도 계약 전에 나에게 이게 최선일까요? 라며 계속 물어봤었는데 내가 사는 게 힘들어서 그냥 외면했잖아. 넌 그때 나한테 실망했었어?"

"아니요. 그땐 회사가 바뀌는 상황이니까 어쩔 수 없었죠. 지금은 제가 뭔가를 바꿀 수 있는 기회였고요. 언니, 있잖아요. 미래에 제가 더 나이 들면 지금의 저를 비겁했다고 생각할까요?"

주은은 다 먹은 햄버거 포장지를 힘줘서 접고 또 접었다. 얇고 크기만 하던 종이가 점점 작고 견고해지는 것이 실시간으로 보였다. 단아는 주은의 콜라를 들어 차가운 옆면을 주은의 손등에 살짝 부딪히면서 말했다.

"아니. 그때도 나름대로 최선을 다해 가족을 지켰다고 생각할 거야. 미래의 너는 또 다른 너만의 최선으로 살고 있을 테니까."

주은의 표정이 어느 정도 풀어졌다. 그 얼굴을 보면서 단아는 자신의 과거에게 말을 건네는 기분이 들었다. 그때 나름대로 최선을 다했다는 말은 사실 단아가 듣고 싶은 말이었다. 가족들과 살아남기 위해서 대학 진학을 포기하고 공장에서 일했던 것도, 2차 보안검색원이 되어 영종도에 남았던 것도, 함께 있으면 불행할 것 같아서 먼저 이별을 고했던 것도 그때 나름의 최선이라고 믿고 싶었다. 주은과 몇 마디 더 나누고 헤어졌다. 단아에게 얼른 가라며 손 흔들고는 뒤뚱거리며 제 길을 가는 주은의 뒷모습을 보았다. 앞으로 어디에 있더라도 주은은 지금보다 더욱 단단한 삶을 살아갈 것 같았다. 불현듯 언제나 헤어지는 순간에 자신의 뒷모습을 보고 있었을 수인이 떠올랐다.

◆ ◆ ◆

힘 빠진 몸을 이끌고 겨우 집으로 돌아왔다. 현관문이 닫히자마자 목 끝에서부터 알 수 없는 설움이 밀려왔다. 수인의 존재에 아직도 맥을 못 추는 자신이 못 견딜 만큼 싫었다. 수인과 멀어질 걸 각오했지만 수인과 함께하고 싶은 일이 여전히 많았다. 수개월이 지난 지금까지도 단아의 마음속에서는 수인과 멀어져야 한다는 생각과 그럴수록 더 가까워지고 싶다는 생각이 충돌하고 있었다. 엎어진 물이나 깨진 거울처럼 다시 붙인다고 해도 관계는 원래의 기능을 할 수 없을 것이다. 수인의 마음도 예전 같지 않을 것이다. 그러나 그런 두려움 따위는 모두 모르는 척하고 싶었다. 수인은 단아의 일상에 깊숙이 뿌리내린 유일한 사람이었다. 단아는 아직도 수인에게 하고 싶은 말이 많았다. 더 믿어주지 못해 미안하다고, 사실은 나를 믿지 못했던 것이고, 내게 주어진 행복의 뒷면이 두렵고 불안했다고 전해야 했다. 수인이 사랑한다고 표현할 때마다 '나도'라고만 했던 건 입 밖으로 사랑한다는 말을 내뱉는 순간 사랑의 크기가 축소되거나 달아나 버릴까 봐 겁이 나서 참았던 거였다. 수인에게 그날 오해해서 미안하다고, 그 뒤로도 미안함을 까칠함으로 대신한 거라고 사과하고 싶었고, 침묵 또한 모두 단아의 두려움이 만들어낸 미성숙한 실수라고 시인하고 싶었다. 그래야 하는데……. 퇴근 후 운서역을 지날 때마다 올려다본 수인의 오피스텔은 매번 불이 꺼져 있었다. 수인은 어디로 갔을까. 수인이 영종도를 아예 떠나버린 것 같았다. 단아는 탑승권이 없어 혼자 공항에 남겨진 기분이 들었다.

수인은 아직도 단아와 사귀던 때를 떠올리면 심장이 뛴다. 수인에게는 그때의 비행이 온전히 자신으로 날고 있는 순간으로 기억된다. 포장 없이 진정한 자신으로 받아들여진 기분은 스스로 나다움을 느끼기에 충분했다. 그 환희의 기분을 계속 느끼고 싶어서 수인은 오랫동안 단아를 놓지 못했다. 살면서 그런 순간은 다시 없을 것 같았다. 단아와 만나는 동안 수인은 단아 마음의 빗장을 풀 수 있는 유일한 사람이 자신이었으면 좋겠다는 욕망에 사로잡혔다. 당시 수인은 앞으로도 함께할 시간이 많을 거라고 막연히 믿었다. 그렇게 마음 잘 통하는 사람을 살면서 다시 만날 수 있을까. 수인은 다시 과거로 돌아갈 수 있다면 단아에게 과거를 솔직하게 다 털어놓고 싶었다. 단아가 자신을 떠날까 봐 쉬쉬하고 눈치를 보기보다 단아를 한 번쯤 온전히 믿었다면, 이렇게까지 멀어지지는 않았을 것 같았다. 그 어떤 경우라도 단아와 함께하지 못할 미래보단 뭐든 더 나았을 거였다. 그때 사실 수인은 단아에 대한 믿음이 없었던 게 아니라 자신에 대한 불신이 컸다. 버려지지 않겠다는 강박. 그 강박 때문에 도리어 단아와 멀어지고 말았다.

수인은 단아의 캐리어에서 자신이 반입금지품으로 분류되어 제외된 기분이었다. 그 사실이 수인을 더 아프게 하면서도 '내가 그러면 그렇지' 식의 자기 비난으로 쉽게 이어졌다.

중환자실에서 생사를 오가던 엄마는 수인이 하와이에 도착한 뒤 종양 제거 수술을 받고서 호전되기 시작했다. 보름 만에 엄마는 드디어 별장으로 퇴원할 수 있었다. 엄마와 아빠는 안 본 사이 더 주름이 짙어져 있었는데, 그래도 표정만큼은 한국에서 지낼 때보다 한결 밝았다. 부모님 앞에 있으니 수인은 사회에서 한몫을 해내던 사회 구성원에서 철없는 딸로 되돌아왔다.

엄마의 상태가 좋아지고 나서야 수인도 주변이 보였다. 티 없이 맑은 하늘과 길게 뻗은 야자수. 하늘만큼이나 푸른 바다에 아무렇게나 떠다니는 하얀 요트. 하와이의 풍경은 분명 수인에게 낯선 것이었다. 하지만 가족들이 있으니 어쩐지 마음만은 편했다. 수인은 맑은 물빛, 일출의 고요, 나뭇잎 사이로 불어오는 바닷바람을 마주할 때마다 단아가 함께였으면 좋겠다고 생각했다. 수인은 수시로 단아의 행동을 따라 했다. 양치할 때는 칫솔에 살짝 물을 묻혔고, 밥을 먹을 때는 양쪽 치아를 모두 사용해 오물오물 씹어 먹었다. 엄마가 대충 쑤셔놓은 식자재를 뒤적거려, 빨리 소비해야 할 식재료들은 앞쪽으로 빼두었다. 어느 날에는 사온 그대로 비닐봉지째 냉장고에 들어가 있는 사과를 보고 엄마 아빠에게 잔소리하는 자신을 발견했다.

"수인이, 너 뭔가 좀 바뀐 것 같다? 혹시 요새 연애하니?"

퇴원한 뒤로 하루 일과의 절반을 소파에만 앉아 있는 엄마가 부드러운 얼굴로 말했다. 탁자에는 엄마가 챙겨 먹어야 할 약봉지가 가득했다.

"연애…… 그 비슷한 거 했었지."

"어머. 여보 수인이가 연애했대. 왜 말 안 했어? 어떤 친구인데?"

"에이, 이제 지나간 사람이야."

"진짜?"

수인은 냉장고 문을 닫고 소파로 갔다. 자신이 단아를 과거형으로 말할 수 있다는 데에 조금 놀랐고, 단아 이야기를 해도 아무렇지 않다는 사실에 많이 놀랐다. 수인은 엄마 옆자리에 앉았다. 엄마가 수인의 얼굴을 손으로 쓸었다. 엄마의 손은 따뜻하고 거칠었다. 수인은 아이처럼 엄마 품으로 더 파고들다가 엄마가 이제 막 퇴원한 환자라는 사실을 깨닫고 멈칫했다. 엄마가 웃으며 수인을 꼭 안아줬다. 엄마의 몸에서 라벤더

계열 아로마 향기가 옅게 퍼져 나왔다. 수인의 삶에서 언제나 같은 자리에 있어 준 고마운 향기였다.

"우리 수인이가 엄마한테 만병통치약이네."

백발의 아빠가 노을을 등지고 마른 수건으로 엄마의 휠체어 바퀴를 닦으며 무심히 말했다. 현지에서 빌린 휠체어는 스틸 면이 오래되어 보였지만 바퀴는 여전히 크고 견고한 모습이었다. 수인이 휠체어를 보면서 아빠와 닮았다고 생각하고 있을 때, 엄마의 입에서 뜻밖의 말이 나왔다.

"여자…… 친구였지?"

엄마의 순간적인 물음에 수인은 몸을 살짝 떼고 엄마를 가만히 바라봤다. 엄마는 아무렇지 않은 듯 수인의 손을 잡았다. 수인은 아빠에게 들릴까 봐 작게 물었다.

"엄마…… 어떻게 알았어? 아니, 언제부터 알았어?"

"너 중학생 때 학부모 상담 여러 번 갔잖아. 네 소문을 들었지. 우리의 행동이나 말이 혹시나 혼란스러운 너에게 더 상처가 될까 봐 네 아빠랑 나는 조심하려고 했던 건데, 그게 너에게는 무관심으로 보였을 수도 있었을 것 같아. 네가 약 없이 잠을 못 자고 우울증으로 힘들어한다는 걸 알았지만, 어디서부터 도와줘야 할지 몰라서 우리도 많이 무력감을 느꼈어."

"엄마한테라도 터놓고 말할 수 있었다면 좋았을 텐데. 나는 늘 내가 혼자 같았거든."

수인은 엄마의 말을 듣고 자신이 친딸이었어도 무력했을까, 하는 생각이 먼저 들었다가 자신조차 치가 떨리는 피해의식에 고개를 털었다. 분명 엄마는 수인이 친딸이라도 똑같이 대했을 사람이었다.

"네가 말해줄 때까지 기다렸지. 수인이가 누굴 사랑하든 네가 내 딸이고 우리가 너를 사랑하는 건 변함이 없으니까. 그건 너도 알잖아."

순간 수인은 그 말이 그토록 듣고 싶었다는 걸 깨달았다. 엄마의 마음은 진심이었다. 엄마는 늘 진심이었다는 사실을, 수인은 알고 있었다. 그럼에도 왜 그토록 그 말이 듣고 싶었을까. 어느새 수인의 눈가에 가득 찬 눈물이 시야를 가렸다.

"고마워 엄마. 나 이제 다 솔직해지려고. 진심을 숨기는 게 나를 지키는 일이라고 생각했는데, 아니었어. 근데 내가 틀린 걸 깨우칠 때까지 세상은 기다려주지 않네. 있잖아, 엄마랑 아빠 하와이 여행 끝나고 서울로 다시 가면 나도 집으로 들어갈까? 영종도 짐들 다 정리하고 그냥 쭉 엄마 옆에서 살까?"

수인의 말에 엄마는 거칠고 따뜻한 손으로 수인의 눈가를 닦아주었다. 손이 거칠면서 동시에 부드러울 수가 있나. 수인은 어린아이로 돌아간 기분이 들었다. 삶의 보호장치, 큼직한 우산, 든든한 성벽 안에서 보호받는 느낌이었다. 어떤 경우에도 마음을 나눌 수 있다면 가족의 조건은 성립이었다. 그 사실을 오랫동안 수인은 알지 못했다. 더 다치고 싶지 않아 단단한 껍질 속에 숨는 달팽이처럼 부모라는 울타리 속에 언제까지나 머물고 싶었다.

"아니. 어떻게 시킨 독립인데 됐어. 하와이에서 살아보니 우리가 너에게 독립하는 것도 나쁘지 않겠더라. 나도 공직에 근무하면서 평생 쳇바퀴 생활만 했는데 몇 달이지만 타국에서 생활하니까 매일 재밌고 설레. 자주 여행 다니려고. 이젠 네가 어디서도 잘할 거라는 확신이 있어. 사랑하고 이별하고 또 사랑하겠지. 인생은 계속되는 거니까. 내년 칠순 잔치 때나 와. 그때까지 엄마 건강할 거니까. 다 늙어서 네 발목 잡고 싶지 않다. 이번에 독립 못 하면 평생 안 놔줄 거야. 수인이 너 엄마가 얼마나 소유욕이 강한 줄 모르지?"

엄마가 장난기를 머금고 두 팔을 벌려 수인을 가두듯 꼭 껴안았다. 수인은 그 말과 엄마의 어린애 같은 행동에 다시금 눈물이 핑 고였다. 어린 시절 유독 잔병치레가 많았던 수인이 감기에 걸릴 때마다 밤새 옆에서 간호해 주던 엄마의 눈빛이 떠올랐다. 되돌아보면 엄마가 자신의 엄마인 이유는 차고 넘쳤는데 오랜 시간 수인은 왜 친부모가 아닌지 그 이유에만 매달렸다. 그게 마치 입양아의 통과의례인 양 그랬다.

"엄마 근데 칠순 잔치하려고? 우리 친척도 많이 없잖아."

"가족끼리 밥이나 같이 먹자는 거지. 혹시 그 친구도 같이 올 수 있으면 더 좋고."

"그게 쉽나. 그 친구는 벌써 떠났는걸. 엄마, 난 왜 자꾸 실수하고 후회할까?"

"모두가 그래. 모두 다 어떤 중요한 순간에 생방송을 놓쳐서 재방송을 보기도 해. 네가 어렸을 때 엄마는 왜 그렇게 옛날 거 재방송만 보느냐고 물었지? 그땐 몰랐는데 지금 생각해 보면 생방송을 놓친 아쉬움에 재방송을 곱씹으면서 사는 게 인생인 것 같아. 엄마는 너보다 몇 배의 나이를 먹고도 여전히 그래."

"엄마 나는 후회되는 일이 너무 많거든. 내가 그때로 돌아가면 여전히 곁에 머무는 사람이 되었을까? 아니면 감정을 참지 못하고 또 같은 실수를 반복하게 될까? 인생도 되감기가 됐으면 좋겠다."

"과거로 돌아가지 않아도 괜찮아. 운명이면 만날 거야. 타이밍이 서로 달랐던 것뿐이야. 서로의 서운함이 동시에 충돌한 거야. 첫 만남에 타이밍이 우연히 딱 맞았던 것처럼."

"타이밍 중요하지. 난 운이 좋았다고 생각해. 공항에서 우연히 그 친구를 만난 것도. 보육원에서 엄마 아빠를 만난 것도.
엄마, 그래서 말인데 나 궁금한 거 있어."

"어떤 거?"

"엄마는 왜 보육원에 많고 많은 아이 중에 나를 선택했어?"

"엄마랑 딱 타이밍이 맞았거든. 너 아니면 안 되겠는 마음
이었어. 너를 보고 온 날 이후로 자꾸만 뭔가 소중한 것을 두
고 온 기분이 들어서 힘들었거든. 너에게는 그저 본능적인 잡
기 반사이고 그냥 단순한 배냇짓이었을 텐데. 나는 그 한 번
의 온기와 미소에 온 마음을 받은 기분이었어. 봉사활동을 갈
때마다 내가 뭔가를 나누고 있다고 생각했는데, 수인이 너로
인해서 사실 어마어마한 걸 받고 있다는 걸 느끼게 되었지.
그러니 네가 우릴 선택해 준 거나 다름없어."

"엄마는 후회 없어? 나 때문에 친척들하고도 멀어지고. 내
가 어릴 때부터 까탈스럽고 속 많이 썩여서 힘들었잖아."

"맞네. 수인이 네가 까탈스럽긴 했지. 분유 온도 조금만 안
맞아도 다시 타서 대령해야 하고, 기저귀 조금만 젖어도 자지
러질 듯이 울고, 옷에 얼룩 조금만 묻어도 못 참았지."

"그건 아주 어릴 때고!"

"근데 나는 그때가 가끔 그립다. 네가 엄마를 막 의지하던
그때가. 아빠와 내가 네 트림이나 방귀 소리에 쾌거를 이룬

사람들처럼 기쁨의 눈빛을 주고받던 그때가 엄마는 지금도 가끔 생각나."

그날 수인은 성인이 되고 처음으로 엄마 아빠와 함께 잤다. 자기 직전까지 단아와 함께 지냈던 이야기를 했다. 엄마 아빠는 놀라기도 하고, 듣고 보니 쉽게 헤어질 사이가 아니라면서 수인과 단아의 재회를 두고 내기를 걸기도 했다. 침실은 은은하게 따뜻했다. 부모님이 먼저 잠이 들었다. 부모님의 잠든 얼굴 위로 새벽의 푸른빛이 아른거렸다.

수인은 조심스럽게 자리에서 일어나 창가로 갔다. 커튼을 조금 더 젖히자 광활한 밤하늘이 보였다. 밤하늘에 무수히 박힌 별과 그 빛을 반사하는 하와이의 검푸른 바다. 경계가 흐려져 어디서부터 하늘이고 바다인지 구분이 안 가는 풍경이 장관이었다. 별빛을 품은 바다와 바다에 온몸을 던진 별빛. 어느 쪽이건 그 자체로 경이로웠다. 자연과의 연결을 중요시해서 동양적 감각을 활용해 지어졌다는 숙소는 이 순간 수인네 가족만의 요새가 되었다. 네모난 통창에 펼쳐진 풍경은 커다란 한 폭의 그림 같았다. 마음이 고요해졌다. 수인은 일렁이며 반짝이는 바다를 보면서 단아를 생각했다. 이제는 부모님과 단아 이야기를 해도 마음이 그토록 아리지는 않았다. 이런 식으로 점점 괜찮아지는 건가. 수인은 이제 단아와 주고받은 문자 메시지를 읽지 않고도 밤에 잠을 잘 수 있었다. 상대가 원하면 원하는 대로 놓아주는 것까지가 진정한 사랑일 것이다. 이제껏 수인은 그걸 못하고 있었다. 수인은 그 사랑을 이제 완성해야겠다고 다짐했다.

어느덧 초겨울이 되었다. 이른 새벽 유리창 위에 하얗게 긴 서리가 섬세한 얼음꽃처럼 피었다. 단아의 손끝만 닿아도 얼음 결정이 사르르 녹아내릴 터였다. 무심코 뻗은 손끝의 온도가 누군가에게는 파괴의 시작을 불러오기도 했다. 그래서 망설였다. 또 후회만 남을까 봐, 그저 지켜보는 것조차 할 수 없게 될까 봐 겁이 났다. 어떤 신비를 보았고, 무엇에 감탄했는지 잃어버릴까 봐 아무것도 하지 못하는 상태가 되었다.

봄에 수인을 알게 되어 뜨거운 여름을 보냈다. 쓸쓸한 가을을 자처하고 나니 썰렁한 겨울이 들이닥쳤다. 단아는 자신이 이전과 같이 사계절을 느낄 수 없다는 사실을 깨달았다. 한동안은 계절의 변화도 수인과의 이별로 귀결되고, 그 연결된 생각은 일상을 잘 살아가는 단아를 자꾸만 멈추게 했다. 덜 기대하고 덜 서운해했다면 관계는 달라질 수 있었을까. 기온이 차가워지면서 단아의 기억 속에 남은 수인의 향기가 옅어졌다. 어쩌면 수인과의 갈등도 가만히 있었으면 사그라질 수도 있었다. 하지만 단아는 그걸 못 참고 손끝으로 건드렸다. 순간의 우발적인 선택이 관계를 전부 망쳐버린 듯한 기분이 들었다. 수인은 본가로 돌아갔을까? 단아는 아직도 자신이 수인을 가끔 떠올리는 것을 인정하지 않을 수 없었다. 하지만 이제는 원망과 후회 대신 자신을 위한 요리를 해 먹거나 도서관에 가서 좋아하는 책을 잔뜩 빌려 읽었다. 수인의 안부를 궁금해하는 날이 점점 줄어갔다. 수인이 선물했던 물건들도 하나씩 소진해 가기 시작했다. 처음에는 수인이 준 물건들이 하나하나 수인 같았는데, 이제는 하나씩 꺼내 필요한 용도로 사용했다. 선물 받은 물건을 정리하는 순간에도 오래 고민하지 않았다. 길을 가다가 미애를 보아도 웃으며 인사했고 밥 한번 먹자는 빈말을 건네기도 했다. 이제는 모든 게 어느 정도 수인이 없던 때로 돌아온 것 같았다. 그때 전화벨이 울렸다. 수신자에 동생의 이름이 떴다. 새벽부터 연락이 온 건 처음이라서 단아는 곧장 동생의 전화를 받았다.

─누나. 잘 지내지?

"응. 어제 생활비 보냈는데? 왜? 확인 안 돼?"

─아니, 그게 아니라……. 할머니 어제 요양병원에 모셨어.

"뭐? 갑자기? 돈은 어떻게 마련했는데?"

─내가 아르바이트 한 돈 모아서. 다음 달 요양비부터는 국가에서 지원받을 수 있대.

순간적으로 단아는 당연히 동생이 돈 이야기를 할 거라 확신한 자신이 부끄러워졌다. 혼자만 가족을 책임지고 있다고 생각했는데 동생 역시 나름의 노력을 기울이고 있었다. 단아는 자신이 독립할 수 있도록 지탱해 준 건 어쩌면 가족들이었을지 모른다고 생각했다.

─그래서 말인데……. 누나 언제 한번 내려와서 할머니 한번 만나면 안 돼? 할머니가 요즘 누나를 찾아. 우리가 아이였던 때에 할머니 기억이 멈췄대. 혹시나 치매가 더 깊어져서 우리를 잊는다면……. 누나 진짜 바쁜 거 아는데, 내가 불안해서. 누나 배려한답시고 말 안 하면 나중에 우리 둘 다 후회할까 봐 얘기해.

"알겠어. 내가 어떻게든 시간 내서 갈게. ……고마워."

단아는 갑자기 목이 메었다. 할머니가 전화로 밥 먹었냐고 물을 때마다 얼마가 필요하냐고 답했고, 할머니가 내 새끼 아픈 데 없냐고 물을 때마다 무슨 영양제를 사서 보내면 되냐며 차갑게 대했다. 회사에서 정신적으로 쫓긴 날에는 그런 전화마저도 부재중인 채로 그대로 남겨뒀다. 이제 와서 돌아보니 그 모든 게 신호였다. 단아는 그동안 가난을 피부로 느낀 탓에 하루빨리 돈을 벌려고 애써 왔다. 그러다 숨이 막히는 날에는 가족이 견디지 못할 만큼 무거웠다.

동생에게 주말 근무가 끝나면 휴무일이 붙어 있으니 그때 한번 내려가겠노라 말하고 전화를 끊었다. 단아는 출근하려고 분주하게 밖으로 나왔다. 그리고 출입증을 놓고 온 것을 떠올리고 다시 집으로 향했다. 밖에서 안으로 들어가는 현관문 손잡이를 잡는 순간, 차가운 금속의 감촉과 냉기가 손바닥을 파고들었다. 겨울의 냉기가 그대로 전해졌다. 이전에 없던 냉기. 아니 원래 존재했으나 그동안 외면해 왔던 일상과도 같은 냉기. 단아는 원래 자신이 살아온 인생으로 돌아온 것 같은데 왜 자꾸만 춥고 허전한지 이유를 알지 못했다. 출근하는 전철 안에서 단아는 일요일 퇴근 시간에 맞춰 나주행 리무진 버스를 끊었다. 겨울의 새벽은 여전히 컴컴하기만 했다.

수인은 새벽 첫 항공기가 뜨기도 전의 공항에 도착했다. 밖은 캄캄한 데다 한국은 이미 한겨울이었다. 부모님은 하와이에서 정리할 일이 남아 수인만 먼저 귀국하기로 했다. 몇 달 동안 부모님과 시간을 보내면서 수인은 가족이 얼마나 포근한 존재인지 새삼 새롭게 느꼈다. 그리고 깨달았다. 자신이 바란 것은 완전한 소속감이 아니라 미지근하지만, 온기를 잃지 않는 유대감이었다는 사실을. 은은하게 지속되는 사랑이라는 것을.

공항 안쪽은 밝고 따뜻했다. 수인은 코트 깃을 세우고 가방을 다시 고쳐 맸다. 수하물도 잘 찾아서 출구로 나왔는데, 자꾸만 무언가 공항에 남겨 두고 온 사람처럼 공항 안쪽을 돌아보게 되었다. 창문으로 바라본 공항은 한적했다. 공항의 차가운 바닥에 반사된 하얀 형광등 불빛. 서둘러 출퇴근하는 지상직 및 보안 직원들. 수인은 출입구를 향하는 와중에도 격자무늬 창문으로 공항 내부를 보았다. 한때는 직장이었던 공간. 이제는 외부인의 신분. 수인은 과거의 자신을 공항에 대입해 보았다. 그러다가 몇 걸음 걷지도 못하고 발걸음이 멈췄다.

공항 게이트 안쪽에 단아가 있었다. 단아도 수인을 보고 있는 것 같았다. 수인은 단아와 이 시간에 여기서 이렇게 다시 만날 줄은 상상하지도 못했다. 수인은 코트를 껴입었지만, 단아는 단정한 겨울 제복 차림이었다. 순간 수인의 에일 것 같던 손가락 끝에 뜨거운 온기가 느껴졌다. 단아를 보면 그동안 참았던 말들을 쏟아내며 무슨 말이라도 할 줄 알았는데, 단아의 이름이 목에 걸려 아무 말도 나오지 않았다. 수인의 눈에 눈물이 맺혔다. 빛이 뭉개지고 눈앞이 흐려져서 단아의 형상이 사라질까 봐 겁이 났다. 수인은 한 손으로 캐리어를 꼭 쥐었다. 그리고 다른 한 손은 들어 올려 모직 코트 소매로 눈물을 닦아냈다. 코트의 뻣뻣한 재질이 눈가에 쓸려 따가웠지만 그런 건 문제도 아니었다. 그렇게 몇 분이 지났는지 모를 시간에 창문 하나를 두고 서서 서로를 바라봤다.

새벽의 공항은 변화가 많았다. 검다가, 푸르다가, 붉다가 끝내 노랗고 새하얀 빛으로 퍼졌다. 사위가 밝아지면서 수인은 공항 내부로 향했다. 자신을 바라보는 단아의 모습이 좀 더 선명하게 보였다. 밖의 날씨와는 전혀 다른 온기가 온몸을 휘감았다. 공항 안내방송이 들렸지만, 수인은 말없이 자신을 보고 있는 단아를 보고만 있었다. 공항 전체에 퍼지는 안내방송

보다 단아를 보고 뛰는 본인의 심장 소리가 더 크게 들릴 것 같았다. 수인은 자신을 둘러싼 공항의 풍경이 일시적으로 정지되는 기분을 느꼈다. 사람도 빛도 공기 중에 흐르는 훈기까지도. 단아가 천천히 수인을 향해서 걸어왔다. 멈춰있던 공항의 풍경이 다시 움직이기 시작했다. 햇살이 비춰오며 공항에 격자무늬 그림자가 생겼다. 그 위를 단아가 걸어오고 있었다. 수인은 이 순간을 온전히 느끼고 싶었다. 단아의 일정한 속도를 느끼며 수인은 그 자리에 서 있었다. 다양한 시간대에 출발하는 국가별 비행 일정으로 전광판이 공평하게 채워졌다. 공항 첫 리무진을 타고 한 명 두 명 승객이 들어왔다. 동틀 녘 수많은 그림자가 겹쳤다가 혼자가 되길 반복했다. 비로소 빛과 사람으로 가득 채워진 새로운 아침의 공항이 되었다.

　섬이면서 섬만은 아닌 영종도로 도망친 적이 있다. 그때 나는 물리적 거리가 주는 막연한 환기에 새 삶의 희망을 걸 만큼 많이 지친 상태였다. 영종도에서 여러 비정규직 일을 하면서 생계를 이었고 그 과정에서 많은 사람을 만났다.

　내가 수인과 단아를 떠올린 건 그 섬으로부터 나와서 다시 도시에 살게 된 이듬해부터였다. 인간 관계에도 서로의 이륙과 착륙 시기가 다르다는 심상 하나로 출발한 이 소설은 그럴 수밖에 없는 개인의 배경으로 관심이 옮겨졌고, 개인의 배경과 분리할 수 없는 사회적 요인들이 틈입하기 시작하면서 『소프트 랜딩』은 내 안에서 점점 커져만 갔다.

　돌이켜보면 길지 않은 섬 생활은 내게 필연이었다. 살다 보면 흔들려야만 보이는 진실이 있다. 흔들리며 마주친 어떤 것은 이제 내 삶에서 빼놓고는 생각할 수 없는 무엇이 되기도 했다. 치열하게 생계를 꾸리는 사람들과 여유롭게 여행을 떠나는 사람들이 뒤섞인 공항에서 나는 자주 멍하니 앉아 공상하며 시간을 보냈다. 미래를 위해 떠나야 하는 사람들과 머물러야 하는 사람들이 공존하는 인천공항의 하루. 그 하루가 요즘도 가끔 파편처럼 떠오른다.

나는 사람이 사람을 사랑하는 이야기를, 기어이 자신의 과거까지 포용하는 이야기를, 무늬만 얼추 비슷하게 꾸며놓은 사회에서 더욱더 은근해진 차별과 사각지대에 놓인 사람들의 이야기를 쓰기 시작했다. 녹록지 않은 현실에도 누군가와 마음을 나누는 일에 대하여 고민하고 기꺼이 내 몫으로 살아가겠다는 이들을 떠올렸다. 결연한 의지로 살아갈 이들의 빛나는 찰나를 그려보고 싶었다.

『소프트 랜딩』 자체가 평등한 세상으로 가는 작은 발걸음이길 바란다. 시간이 흐르면 언젠가 보편의 경계선에 서 있는 사람들까지도 안전하게 지탱해 줄 사회가 도래할 것이다. 발치에 안간힘을 주며 버티지 않아도 그럭저럭 살만한 삶. 그 어떤 삶도 당연하고 평범하게만 느껴지는 그런 세상이 올 것이다. 나는 그 소망이 현실이라는 땅에 서서히, 그리고 반드시 닿을 것이라고 믿는다. 내 소설은 그 믿음으로 출발하여 그 믿음으로 끝을 냈다.

2025년 12월

새해를 기다리며

나 규 리

소프트 랜딩

초판 1쇄 인쇄 2025년 12월 23일

초판 1쇄 발행 2025년 12월 31일

지은이 나규리

펴낸이 신의연

책임편집 신의연

펴낸곳 마이디어북스

등록 2022년 4월 25일(제2025-000015호)

전화 070-8064-6056

팩스 031-8056-9406

전자우편 mydearbooks@naver.com

인스타그램 @mydear__b

ISBN 979-11-93289-67-9 (03810)

이 작품은 경기도, 경기문화재단이 지원하는 2025 경기예술지원 〈경기문학 출간지원〉 선정작입니다.